Superheld
fürs Leben
gesucht

Pea Jung (Jahrgang 1977) ist der Künstlername einer deutschen Autorin, die mit Mann und vier Kindern in der Nähe von München lebt.

Gleich mit dem Debütroman DIE FALSCHE HOSTESS gelang ihr ein Überraschungserfolg, als dieser sich 10 Tage nach Veröffentlichung in den Top 20 der Kindle-Charts wiederfand. Kurz darauf übertraf ihr drittes Buch DIE PUTZSTELLE diesen Erfolg noch deutlich – es kletterte hoch bis auf Platz 3 der Kindle-Charts.

PEA JUNG

Superheld
fürs Leben
gesucht

Bibliografische Information der Deutschen Nationalbibliothek:
Die Deutsche Nationalbibliothek verzeichnet diese Publikation in der
Deutschen Nationalbibliografie. Detaillierte bibliografische Daten sind
im Internet über http://dnb.dnb.de abrufbar.

1. Auflage 2015

Covergestaltung: ZERO Werbeagentur, München
Titelabbildung: © FinePic®
Foto auf Buchrücken: © istockphoto.com/BrianAJackson
Satz: Jürgen Müller, LayArt

Lektorat: Uwe Raum-Deinzer

Herstellung und Verlag: BoD – Books on Demand, Norderstedt
ISBN: 978-3-7347-6000-6

Prolog

Er saß hinter seinem Schreibtisch in seinem Büro und fühlte die Schwere, die ihn von Zeit zu Zeit heimsuchte. Die letzten Tage hatte er sich gehen lassen, wie er es meist tat, wenn dieser eine Tag näher rückte. Der Tag, der sein Leben für immer verändert hatte. Der Tag des Sieges war für ihn ein ewiger Tag der Niederlage geworden. Während in Russland am 9. Mai die Kapitulation Deutschlands nach dem Zweiten Weltkrieg gefeiert wurde, trauerte Kulikow seit fünf Jahren seinem alten Leben nach.

»Ты в порядке, сэр?« Überrascht registrierte er, dass einer seiner Mitarbeiter eingetreten war. Langsam fuhr er mit beiden Händen über sein Gesicht, versuchte sich zu sammeln. Konnte er auf diese Frage jemals wieder mit Ja antworten? War denn alles in Ordnung? »да.« Mit langsamen Schritten näherte sich sein Mitarbeiter dem Schreibtisch und reichte ihm einen Stapel mit ungeöffneten Briefen. Mechanisch begann Kulikow die Briefe nacheinander anhand der Absenderadresse durchzusehen. Dabei war er nicht in der Lage, die Informationen wirklich aufzunehmen. Erst als sein Mitarbeiter das Büro wieder verlassen hatte, stellte er diese Tätigkeit ein und verfiel erneut seinen Gedanken.

Es war mit den Jahren besser geworden. Ganz weg würde er aber nie gehen: der Schmerz. Ein Stück dieser nagenden Qual war immer anwesend. Selbst wenn er ausgelassen lachte, war sie da. Das Leid war zu einem ständigen Begleiter geworden. Einem Gast, den er nicht eingeladen hatte, der sich aber trotzdem aufgedrängt hatte. Und wie es schien, war dieser Gast zu einem dauerhaften Untermieter, einem Hausbesetzer geworden, den er akzeptieren musste.

Als Kulikow die kindliche Handschrift auf dem Briefumschlag erkannte, der nun oben auf dem Stapel lag, stellte sich sein Blick scharf. Verwirrt wendete er den Brief ein paarmal und betrachtete ihn interessiert von allen Seiten. Da stand tatsächlich sein Name und seine Büroanschrift, geschrieben in derselben Schrift mit blauem Füllfederhalter. Und die Briefmarke verriet ihm neben der Adresse des Absenders, dass dieser Brief aus Deutschland kam.

Routiniert fand seine Hand den antiken Brieföffner und öffnete den Umschlag. Während er den Brief aus dem Umschlag zog, fiel ein Foto aus dem gefalteten Papier. Das Bild segelte auf den Boden, und als Kulikow sich danach bückte, sah er in das freundliche Gesicht eines Jungen. Bei näherer Betrachtung bemerkte Kulikow, dass er dieses Kind nicht kannte. Seine Gesichtszüge wurden dennoch weich. Mit einem Hauch von Erheiterung betrachtete er die viel zu großen Zähne im Mund des Jungen. Dieser ließ sich aber dennoch nicht davon abhalten, breit in die Kamera zu grinsen.

Kulikow faltete den Brief auf und begann diesen aufmerksam zu übersetzen.

Kapitel 1

*A*uf geht's! Mir macht hier keiner schlapp. Lukas! Zehn Liegestützen. Luis und Tobias! Eine Runde extra laufen!« Jennifer brüllte sich die Seele aus dem Leib. Dass ihre Stimme dabei manchmal etwas zu hoch wurde, nahm sie billigend in Kauf. Letztendlich zählte nur, dass ihre Mannschaft das nächste Spiel gewinnen würde. Und wenn sie es schon nicht gewinnen würden, was durchaus im Bereich des Möglichen lag, dann sollte die Niederlage zumindest ehrenvoll verlaufen. Niemand sollte ihr nachsagen, sie könne als Frau keine anständige Fußballmannschaft hervorbringen.

Als sie den sechsjährigen Lukas dabei beobachtete, wie er mit seinen Liegestützen kämpfte, kamen ihr kurz Zweifel. Vielleicht sprang sie doch zu hart mit den Kindern um. Entschlossen nahm sie dennoch ihre Pfeife zwischen die Lippen und unterstützte Lukas geräuschvoll. Dessen schlaffer Körper hing während der Liegestützen schlapp im Gras, und Jennifer musste eher an einen Seehund beim Sonnenbaden denken als an einen Fußballer beim Training. Nebenbei vergewisserte sie sich, ob Luis und Tobias ihre Strafrunde ohne Abkürzung absolvierten. Sie entdeckte die beiden Jungs am anderen Ende der Rasenfläche. Offensichtlich hatten die zwei aus ihrer Strafrunde ein Wettrennen gemacht. Sie rannten so schnell, dass Jennifer hinter ihnen die Überreste des Rasens durch die Gegend fliegen sah.

Die zierliche Lena begleitete die beiden freiwillig in einigem Abstand. Sie sprang dabei vergnügt über den Rasen. Jennifer war dankbar, dass hier auf dem Platz keine Blumen wuchsen. Sie hatte keinen Zweifel, dass Lena gerne nebenbei Gänseblümchenkränze flechten würde. »Lena! Sofort hierher!« Geduldig wartete sie, bis das Persönchen hopsend näher kam. Ihre beiden langen Zöpfe wippten zum Takt der Sprünge. Langsam ging Jennifer in die Hocke und widmete sich der kleinen Prinzessin. »Du hattest keine Runde zu laufen.« Beim Kichern zeigte Lena frech ihre große Zahnlücke. Sogar Jennifer ließ sich von diesem Lächeln erweichen. Deshalb fiel ihr Ton nun wesentlich milder aus. »Marsch zurück zu den anderen.«

»Что это?« Was ist das? Ja, eine durchaus berechtigte Frage, dachte der unrasierte Russe. Er starrte genauso irritiert wie sein Begleiter auf diese Person, deren Brüllen sicherlich in jedem Haus des kleinen Dorfes zu hören war. Dabei lag der Fußballplatz ein Stück außerhalb. Dieses Brüllen würde jede Sirene in der kleinen Ortschaft überflüssig machen. Ob das hier eine Art Probealarm war?

Die Scheibe der Beifahrerseite öffnete sich auf Knopfdruck des Mannes noch ein Stück. So würde er das Geschehen auf dem Fußballplatz noch besser aufnehmen können. Hierbei handelte es sich sicherlich nicht um das lockere Training für Kinder, die Spaß am Fußball hatten. Diese Person war eine Zumutung. »Это мужчина или женщина?«, fragte sein Begleiter und Fahrer des Wagens mit breitem Grinsen. Ein lockeres Schulterzucken des Bärtigen war die Antwort.

Natürlich handelte es sich bei dieser Person um eine Frau, oder? Mit prüfendem Blick musterte er sie. Der offensichtlich viel zu große Trainingsanzug konnte den Ansatz einer durchaus weiblichen Figur nicht ganz verbergen. Und sie hatte ihr dunkles Haar zu einem Pferdeschwanz gebunden. Letztendlich lieferte aber die Stimme den Beweis für ihr Geschlecht. Wieder ertönte die Trillerpfeife. Als wäre ihre Stimme alleine nicht schon schrill genug.

Der Mann mit dem Bart zwang sich, seine Aufmerksamkeit wieder der zweiten Mannschaft zuzuwenden, die ein paar Meter neben der anderen trainierte. Er hatte den Jungen sofort erkannt. Keiner der größten und eher schmächtig wirkte er zwischen den gleichaltrigen Mitspielern. Sein Trainer schien es mit der Brüllerei nicht so zu haben. Er stand ruhig am Spielfeldrand und beobachtete die Versuche seiner Schützlinge. Hier und da war eine tiefe Stimme zu hören, die korrigierende Vorschläge machte.

»Ich will einen anständigen Schuss sehen!« Wieder schaffte es diese Frau, den allgemeinen Trainingslärm zu übertönen. Ein junger Spieler trat energisch gegen den Ball, der in hohem Bogen davonflog. Dabei hatte der Ball so einen Drall entwickelt, dass er der Trainerin direkt an die Stirn knallte. Mit schmerzverzerrtem Gesicht sogen die beiden russischen Männer die Luft ein, während der Knall des Aufpralls über den Platz hallte.

Rückwärtstaumelnd hielt sich Jennifer die Stirn. Das tat weh. Höllisch weh. Der junge Spieler, der diesen fatalen Schuss platziert hatte, hielt sich erschrocken die Hand vor den Mund. Einige waren kurz davor, einen Lachanfall zu bekommen. »Geht schon. Tut nicht weh. Alles in Ordnung.« Mit diesen beschwichtigenden Worten wehrte Jennifer ihren Kollegen Marius ab, der von der anderen Seite des Spielfeldes angelaufen kam. Dennoch wandte sie sich kurz ab, um ihren Schmerz genießen zu können. Sie konnte nicht ahnen, dass sie ihr gequältes Gesicht genau den beiden russischen Männern präsentierte, die etwas entfernt in einem Auto saßen.

»Sollen wir für heute aufhören?« Mist!, dachte sich Jennifer und drehte sich lächelnd um. »Ach was. Geht schon.« So wie Marius sie ansah, zweifelte er stark an ihren Worten, kehrte aber zu seinem Team zurück. Tief einatmend verkündete Jennifer: »Zack, zack! Wir spielen jetzt noch in zwei Teams gegeneinander.« So zack, zack würde es heute bei ihr nicht mehr gehen. Ihr tat von dem frontalen Aufprall auch der ganze Nacken weh.

Zu allem Überfluss begann es während dieser letzten paar Minuten noch zu regnen. Um Ruhe bemüht, ließ sich Jennifer nichts anmerken. Sie hasste es, wenn es regnete. Zumindest hasste sie es, wenn sie sich im Freien aufhielt und der Regen kalt war. Es hatte in der letzten Zeit häufig geregnet, und der übersättigte Erdboden war schnell aufgeweicht. Dennoch entschied Jennifer, die Elfmeterschüsse, die den Abschluss des Trainings bildeten, durchführen zu lassen. Auf der anderen Seite des Platzes tat dies Marius mit seinem Team ebenso.

Es war erbärmlich. Es war heute fast so, als hätten sich die Kinder verschworen – oder die Bälle – oder das Tor ... Niemand erzielte einen Treffer, obwohl das immer eine Frage der Definition war. Für sie zählte immer noch das Tor, nicht ihre Stirn, ein Baum oder das Klettergerüst, das neben dem Spielfeld aufgebaut war. Es war zum Verzweifeln. »Jetzt zeig ich euch mal, was ein anständiger Elfmeter ist!« Mit festem Griff drückte Jennifer den Ball in die Wiese. Sie konnte das schmatzende Geräusch des aufgeweichten Bodens hören und sog eine Nase voll nasser Erdluft in ihre Lungen. Rückwärtsgehend entfernte sie sich ein paar Schritte vom Ball. Mit konzentriertem Blick nahm sie Anlauf, zielte und schwang das Bein zum Schuss.

Sie hätte es bleiben lassen sollen. Schließlich trug sie zum Training der Kinder für gewöhnlich keine Stollenschuhe. Voller Ehrgeiz hatte sie zu viel Schwung genommen. Zu allem Überfluss verfehlte sie den Ball. Ihr Standbein flutschte weg, und sie landete rücklings auf dem Rasen. Es klang so, als wäre sie in einen Haufen Kuhmist gefallen.

Nach kurzer Schreckensstarre fingen alle Kinder an zu lachen. Sogar die Mannschaft am anderen Ende des Platzes lachte. War das Marius, der sich ebenfalls köstlich amüsierte? In Windeseile rappelte sich Jennifer auf. Das Gelächter schien kein Ende zu nehmen. Ihr tat so ziemlich jeder Knochen weh. Mal abgesehen davon, dass ihre komplette Kehrseite mit Schlamm paniert war.

»Мы едем.« Der bärtige Mann hatte lachend den Aufbruch verkündet. Sein ebenfalls lachender Begleiter, der am Steuer des Wagens saß, startete den Motor.

»Mama?« Jennifer drehte sich um und sah ihren Sohn Jonas über das Spielfeld auf sich zurennen. Marius schien das Training bereits beendet zu haben. Das allgemeine Gelächter war verstummt. Wahrscheinlich hatte Marius die Bande zur Ruhe gemahnt.

Jennifer hielt sich den Hintern. »Es geht mir gut. Scheint heute nicht mein Tag zu sein. Wie war dein Training?«

»Mama! Du bist doch immer dabei!«

»Ich muss mich auf mein Team konzentrieren.«

»Klar. Und hin und wieder schaust du zu uns rüber.«

Jennifer wandte sich an ihr Team. »Schluss für heute! Und denkt daran: Übermorgen ist unser letztes Training vor dem Spiel am Samstag!« Als Jennifer wieder ihrem Sohn ins Gesicht sah, grinste dieser immer noch über beide Backen. Jennifer schmunzelte schließlich zurück, ging zu ihrem Sohn und fuhr ihm mit einer Hand durch das nasse Haar. »Komm. Wir gehen nach Hause – und ab unter die Dusche.« Gemeinsam machten sie sich auf den Heimweg.

Glücklicherweise brachte der nächste Tag Sonnenschein. Jonas war schon in aller Frühe mit dem Schulbus in die Realschule der nächsten Stadt gefahren. Er würde heute später als gewöhnlich zurückkommen, da er das Wahlfach IT belegt hatte. Jennifer, die wegen ihrer Halbtagsarbeit immer ab 12.30 Uhr frei hatte, machte sich im Garten ihres Hauses zu schaffen. Die übergroße Arbeitshose ihres Vaters war für diesen Zweck bestens geeignet.

Und während Jennifer gebückt Unkraut aus ihrem Kräuterbeet jätete, bemerkte sie nicht den Mann, der leise hinter ihr den Garten betrat.

Mit schief gelegtem Kopf betrachtete der dunkelblonde Mann mit kurzem Vollbart das Geschehen vor sich. Er sah eigentlich nur einen Hintern in einer blauen Hose, die ihre besten Tage bereits hinter sich hatte. Als er kurz das brünette Haar erblickte, das zum Pferdeschwanz gebunden war, stutzte er. Das wird doch nicht …? In diesem Moment hatte die Frau ihn bemerkt. Jetzt, aus der Nähe betrachtet, war er sich sicher, dass es sich um eine Frau handelte. Als sie ihn ansprach, musste er zugeben, dass ihre Stimme nicht ganz so grässlich wie auf dem Fußballplatz klang. »Hallo? Kann ich Ihnen irgendwie helfen?« Misstrauen. Ganz eindeutig. Er konnte es heraushören, obwohl sie höflich fragte.

Jennifer starrte den fremden Mann in ihrem Garten an. War das ein Seesack, den er dabeihatte? Rasieren könnte der sich auch mal. Er sah etwa so aus wie Robinson Crusoe. Ein trainierter, großer Robinson Crusoe, ergänzte Jennifer im Stillen. Ihre heimliche Bewunderung für die stattliche Erscheinung vor sich verdeckte sie mit grimmiger Miene.

Konnte es tatsächlich sein, dass dies die Mutter des Jungen ist? Niemals. Sie war jung, höchstens dreißig. Konnte sie die Mutter eines Elfjährigen sein? Konnte sie überhaupt Mutter sein? Dieses kreischende Individuum, das sich beim Training selbst zum Affen gemacht hatte?

Der Mann musterte Jennifer von oben bis unten. Trotz der langen Haare war sie burschikos. Er konnte nicht behaupten, dass ihre Gesichtszüge oder ihre Statur diesen jungenhaften Eindruck vermittelten. Es lag vielmehr an ihrer Körpersprache und dem Ausdruck ihres Gesichts. Es kam ihm so vor, als wollte sie jeden weiblichen Aspekt ihres Körpers mit allen Mitteln verbergen. Sie schaffte das sehr gut, indem sie ihren vollen Mund aufeinanderpresste und ihre großen Augen misstrauisch verengte. Ganz zu schweigen von den Männerklamotten, die ihren Körper zierten.

»Kann ich Ihnen helfen?« Ungeduldig hatte Jennifer ihre Frage wiederholt. Dabei kam sie nicht umhin zu registrieren, dass dieser Mann einwandfrei gekleidet war. Seine Jeans sah makellos aus, als hätte er sie eben einer Schaufensterpuppe ausgezogen. Das eng anliegende weiße T-Shirt sprach für sich. Sie hätte sich nie im Leben getraut, ein weißes T-Shirt anzuziehen. Ungeschickt, wie sie war, handelte sie sich bei ihrem Glück sofort Flecken ein.

Mit Erschrecken dachte sie an ihren Aufzug. Die dreckige Latzhose wurde durch das alte Herrenhemd nicht unbedingt aufgewertet. Von den grünen Gartenschuhen aus Plastik ganz zu schweigen.

»Ich bin wegen Jonas hier. Ihrem …?«

Jennifer erschrak. Jonas? Wieso Jonas? Und was war das für ein Akzent? Der kam ihr doch bekannt vor. Dennoch entschied sie, ehrlich zu antworten. »… Sohn. Hat er etwas angestellt?« Unter seinem Bart hervorlächelnd betrachtete sie der Mann. Dann bückte er sich zu seinem Seesack und begann darin herumzuwühlen. Ganz nebenbei versuchte er die Information zu verarbeiten, dass die junge Frau tatsächlich die Mutter des Jungen war und nicht etwa die ältere Schwester oder Tante.

14

Bei Jennifer schrillten sämtliche Alarmglocken. Vorsichtig sah sie sich um. Sie war alleine mit diesem Fremden. Der konnte alles aus diesem Sack ziehen. Unauffällig schielte sie zu dem Eimer mit den Gartenwerkzeugen, der nicht weit von ihr entfernt am Boden stand. Der Mann hatte ihren Blick bemerkt und lächelte immer noch. Gerade als die Spannung kaum noch auszuhalten war, zog er ein raschelndes Stück Papier aus dem Seesack, einen Brief. Mit einem lauten Schnaufen wich die Anspannung aus Jennifers Körper. »Sie wissen nichts davon?« Wieder dieser fremdländische Akzent. Mit erhobenem Brief in der Hand sah der Fremde Jennifer an. Das Blau seiner Augen blitzte in ihre Richtung. Jennifers Mund wollte eine Frage formulieren, schaffte es aber nicht. Vielleicht ging es hier um so eine Pseudosammlung für einen wohltätigen Zweck, der angeblich verfolgt wurde. Aber was hatte das denn jetzt mit Jonas zu tun? Der Fremde näherte sich ihr mit einem großen Schritt, und sie ging automatisch ein Stück rückwärts. Sie war nie gerne mit Männern alleine, und schon gar nicht mit einem einzelnen. Von den Nachbarn war auch nichts zu sehen. Das grenzte an ein Wunder! Ihre neugierige Nachbarin war doch sonst immer zur Stelle, sobald sich etwas in Jennifers Garten regte.

In aller Seelenruhe faltete der Mann den Zettel auf, und Jennifer erkannte sofort die Schrift ihres Sohnes, als der Mann ihr das Schreiben mit ausgestrecktem Arm ins Sichtfeld hielt. Jennifer war weiterhin beunruhigt. Warum sollte Jonas ihr einen Brief schreiben und ihn von einem ominösen Fremden überbringen lassen?

Es war etwas passiert. War dieser Mann ein Entführer? Ging man davon aus, dass sie ein großes Erbe angetreten hatte?

Es war ihm nicht entgangen, dass sein Erscheinen bei der Frau großes Unbehagen ausgelöst hatte. Er vermutete auch, dass es nicht alleine seiner Person zuzuschreiben war, dass sie sich geradezu ängstlich benahm. Normalerweise reagierten die Frauen nicht so auf sein Erscheinen. Die Situation war ihm unangenehm. Wie gerne würde er die Sorgenfalte zwischen ihren Augenbrauen verschwinden lassen. Andererseits bemerkte er, wie ein leichtes Lächeln seine Lippen umspielte, weil er das Verhalten der Frau irgendwie amüsant fand.

»Keine Sorge. Ihr Sohn hat einen Brief geschrieben … nach Russland.«

»Russland?« Jennifer hatte etwas zu laut reagiert. Das hörte sich beinahe so an, als hätte sie etwas gegen Russen. Natürlich war ihr jetzt klar, dass es sich bei diesem Mann um einen Russen handeln musste. Sie konnte den Akzent zuordnen. Zu oft hatte sie diese Art zu sprechen schon in Filmen gehört. Vielleicht lag es daran, dass häufig die Bösewichte ihn sprachen, weshalb sie sofort in Alarmbereitschaft gegangen war, als sie den Mann reden gehört hatte. Hastig griff Jennifer nach dem Brief und las ihn durch. Der Russe beobachtete dabei ihre Augen, die in Windeseile über die Zeilen huschten. Er konnte ihr ansehen, wie ihre Aufregung stieg. Die Sorgenfalte wurde zur Zornesfalte.

»Sie haben nichts davon gewusst?«

»Sehe ich etwa so aus?«

Der Russe schüttelte lächelnd den Kopf. »Muss ich mir Sorgen machen?«

Jennifers Verwirrung über diese Frage stand ihr offen ins Gesicht geschrieben.

»Jonas ...«, ergänzte der Russe, »... er wird Ärger bekommen?«

»Darauf können Sie Gift … ich meine, das geht Sie nichts an!« Jennifer war inzwischen auf hundertachtzig. Der Russe machte einen entspannten Eindruck auf sie. Immer noch war da dieses leichte Lächeln. Sie war sich nicht sicher, ob sie angelacht oder ausgelacht wurde. Und je entspannter er auf sie wirkte, desto mehr schien ihre innere Stimmung ins Gegenteil umzukippen.

Mittlerweile fand der bärtige Mann die Begegnung mit der schreienden Furie vom Fußballplatz mehr als amüsant. Warum ihm das alles so lustig vorkam, konnte er jedoch gar nicht so genau sagen. Vielleicht, weil diese Person ganz anders war als die meisten Frauen, mit denen er sonst in Kontakt kam. Dieser Frau schien es völlig egal zu sein, wie sie auf ihn wirkte und wie sie aussah. Und das war das genaue Gegenteil der Sorte Frau, die sich noch schnell den Lippenstift nachzog, bevor er sie begrüßen würde. Der zweite Aspekt, der diese Begegnung für ihn interessant machte, war die Tatsache, dass die Furie offensichtlich nicht mit seinem Erscheinen gerechnet hatte. Natürlich hatte er in Betracht gezogen, dass der Junge den Brief völlig auf eigene Faust geschrieben hatte, aber gewusst hatte er es nicht. Bis jetzt. Seine Vorstellung von der Mutter des Jungen war auch eine andere gewesen. Er hatte mit einer älteren

Frau gerechnet, mit Geschwistern, einer Familie. »Vielleicht sollten wir auf Jonas' Vater warten«, schlug er vor.

»Ha! Ich denke nicht, dass Sie so viel Zeit mitgebracht haben.«

»Ihr Sohn hat mich eingeladen. Ich habe jede Menge Zeit.« Oh, jetzt schien er in eine Wunde hineingestochert zu haben!

Die Frau wurde noch röter im Gesicht. »Mein Sohn ist ein elfjähriger Junge! Sind Sie denn gar nicht auf die Idee gekommen, vorher anzurufen? Ich meine … Russland!«

Abwartend registrierte er ihre hilflose Armbewegung, als sie sein Heimatland erwähnte. »Moskau, um genau zu sein. Ich war gerade – wie sagt man so schön? – in der Gegend«, flüsterte er mit einem versöhnlichen Lächeln.

Wieder dieses Lächeln. Jennifer verschränkte die Arme und wendete den Blick ab. Mit allem hätte sie gerechnet, als dieser Mann in ihrem Garten stand, aber nicht mit Besuch aus Russland. Da hätte sie sich ja noch eher mit Besuch vom Planeten Mars anfreunden können. Noch mehr hätte sie sich über nicht männlichen Besuch gefreut. Aber auch wenn Jonas offensichtlich übers Ziel hinausgeschossen war. Der Russe war nun einmal da, und sie würde es jetzt nicht auf die Schnelle ändern können. »Wie lange werden Sie bleiben?« Es war deutlich herauszuhören, dass dies keine höfliche Einladung war, sondern ein knurrendes Zähnefletschen. Aber immerhin, sie hatte eine Einladung formuliert.

»Ist das die offizielle Einladung eines Erwachsenen?«

»Mmpf.«

»Wie bitte?«

»Ja.«

»Hallo, Mama!« Fröhlich ertönte Jonas' Stimme von der Straße her.

»Hallo, Schatz!«

Jonas erkannte sofort am zuckersüßen Klang der Stimme, dass seine Mutter in keiner guten Stimmung war. Langsam öffnete er die Gartentüre. Er fand seine Mutter im hinteren Teil des Gartens zusammen mit einem Mann. Als er seinen Brief in ihren Händen erkannte, blieb Jonas sofort stehen. Sein Gesichtsausdruck verriet nicht nur seiner Mutter, unter welcher Anspannung er augenblicklich stand. Der große Mann lächelte Jonas freundlich an, biss sich dabei leicht auf die Unterlippe. Der Blick seiner Mutter erinnerte ihn stark an ihr Gesicht, als er aus Versehen Opas Lieblingstasse zerbrochen hatte. Das war kurz nach Opas Tod gewesen, und er hatte mitbekommen, dass Mama beim Wegräumen der Scherben geweint hatte. Dabei weinte sie nie.

Jennifer nutzte die Gelegenheit und ging energisch auf ihren Sohn zu. Dabei brachte sie endlich etwas Abstand zwischen sich und den Russen. Mit dem Brief in der Hand wedelte sie vor Jonas' Gesicht herum, sodass dessen Lider unter den Windstößen zu flattern begannen. Schließlich beugte sie sich zu ihm hinunter. »Was hast …?« Jennifer schloss kurz die Augen, schnaufte tief durch und flüsterte: »Was hast du dir nur dabei gedacht?«

»Das war doch Opas Idee. Er hätte gewollt, dass wir alles tun, um das Vereinsheim zu bekommen.« Jonas' Stimme klang weinerlich, und Jennifer wurde bei der Erwähnung ihres Vaters ebenfalls emotionaler, als sie es unter normalen Umständen zugelassen hätte.

Kurz vergewisserte sie sich, dass der Russe sich dezent im Hintergrund hielt. »Aber du kannst doch nicht einfach einen wildfremden Mann zu uns einladen.« Als Jonas nicht reagierte, wurde sie etwas lauter. »Jonas! Du hast geschrieben, er könne in Opas Wohnung einziehen.«

»Ich will, dass er versteht, warum wir das Haus brauchen. Er hat jemanden geschickt, Mama! Er ist gar nicht so, wie du immer gemeint hast.«

Jennifer betrachtete den Brief und las die Anrede, die Jonas verwendet hatte. »Dieser Herr … Kulikow … wäre der eventuell bereit, uns das alte Bahnhofsgebäude zu verkaufen?«

Der Russe reagierte sofort, als Jennifer sich zu ihm umgedreht hatte. Keine Frage, er hatte dem gesamten Gespräch aufmerksam gelauscht. »Sonst wäre ich nicht hier. Er hat das Gebäude zusammen mit einer ganzen Reihe anderer Immobilien der deutschen Bahn gekauft, hat aber kein explizites Interesse an diesem Gebäude. Er fand die Idee von Jonas – wie sagt man? – irgendwie interessant. Ich werde mir bis zur Spielpause den Vereinsbetrieb ansehen und gebe dann Rückmeldung.«

»Bis zur Spielpause?« Jennifer hatte schon wieder geschrien. Wie viele Wochen waren das noch? Sie starrte den Russen an, während sie rechnete. Andere Gedanken schlichen sich in ihr Bewusstsein. Warum musste dieser Kulikow ausgerechnet so einen Kerl schicken? Konnte es kein Weichei sein? Am liebsten wäre ihr ein blasser

Sesselfurzer gewesen, der in seinem Hemd verschwand, als hätte er ein Zelt an. Wenn sie diesen Mann näher betrachtete, dann konnte sie sich ihn gut mit einem Surfbrett unterm Arm an einem schönen Strand vorstellen. Halt! Der Mann war Russe. Vielleicht sollte sie ihre Gedanken mehr in Richtung Uschanka und Eisfischen lenken. Gerade als ihre Gedanken bei Wodka und russischer Mafia ankamen, stupste Jonas sie an.

»Mama.«

»Öhm, ja … wo war ich?«

»Ich heiße Philja.« Philja hatte das intensive Gedankenspiel der Frau beobachtet und anschließend mit ihrem Sohn einen Blick getauscht. Jetzt ging er auf die Frau zu und wartete, ob sie ihm die Hand geben würde. In Russland begrüßten sich Frauen selten mit einem Händedruck, weshalb Philja geduldig wartete. Jennifer trug immer noch ihre Arbeitshandschuhe. Philja bemerkte, dass sie zu überlegen schien, ob sie ihm die Hand reichen sollte.

Schließlich zog sie sich den rechten Handschuh aus und reichte ihm ihre Hand. Es war nur ein kurzer Gruß, aber immerhin. »Beck.«

Philja reichte auch Jonas seine Hand.

Jennifer Beck führte ihren »Gast« durch die Wohnung ihres Vaters. Sie lag im Erdgeschoss der Doppelhaushälfte. Jonas hatte sich in die obere Wohnung verkrochen, wohl wissend, dass das eigentliche Donnerwetter noch nicht ausgestanden war.

»Schlafzimmer. Wohnzimmer. Küche. Bad.« Jennifer ging durch die Wohnung und deutete in die verschiedenen Räume. Ihre monotone Stimme half ihr dabei, sich nicht allzu bewusst zu machen, dass sie gerade die Wohnung ihres Vaters einem absolut Fremden überließ.

»Ich kann Ihre Sprache gut verstehen, Becky. Sie dürfen in ganzen Sätzen mit mir sprechen.«

Jennifer war verwirrt, weil er sie Becky genannt hatte. »In Ordnung, Herr Philja. Wollen Sie dann das Bahnhofsgebäude sehen?«

Während sich Philja wunderte, dass sie ihn Herr Philja nannte, schüttelte er den Kopf. »Nein, ich habe mir die Gegebenheiten schon gestern am späten Nachmittag angesehen.«

»Aha.« Noch während Jennifer antwortete, wurde ihr bewusst, was er damit andeutete. Das alte Bahnhofsgebäude lag schließlich direkt neben dem Fußballplatz. Sie konnte nicht verhindern, dass ihre Augen immer größer wurden. »Um … wie viel Uhr waren Sie denn da?« Obwohl sie die Frage so neutral wie möglich gestellt hatte, war ihr mit der Erinnerung an das gestrige Fußballtraining die Röte ins Gesicht geschossen. Philja grinste, und das war Jennifer Antwort genug. Die Hitze in ihrem Gesicht wurde unerträglich.

»Wo haben Sie denn Ihre Pfeife?«, schmunzelte Philja und zwinkerte ihr zu.

»Ich … bin dann mal oben …« Hastig verließ Jennifer die Wohnung und versuchte sich nicht länger Gedanken darüber zu machen, ob dieser Russe ihren Sturz oder den Ball in ihrem Gesicht mitbekommen hatte.

Kapitel 2

Mama!« Jonas hatte sich die Argumente seiner Mutter nun schon eine Weile angehört. Sie war in sein Zimmer gekommen und hatte ihn bei den Hausaufgaben unterbrochen.

»Ist doch wahr! Wer weiß, wo der Kerl herkommt. Vielleicht gehört er zur Mafia.«

»Mama, warum nimmst du immer gleich das Schlimmste an? Denk doch mal positiv!«

»Ja, ich denke gerade ganz positiv, dass ich nicht mehr in Opas Wintergarten malen kann!«

»Du hast doch gesagt, dass du die Wohnung irgendwann vermieten willst.«

»Irgendwann, Jonas. Ich habe ja nicht damit gerechnet, dass du uns sofort einen Dauergast einlädst.«

»Wenigstens haben wir einen Mann im Haus.«

Jennifer riss entrüstet die Augen auf. »Was soll das denn heißen?«

»Wenn Einbrecher kommen oder so. Der Philja sieht so aus, als ob er uns beschützen könnte.«

»Herr Philja, Jonas. Und wer beschützt uns vor dem?«

Philja war die Treppe in die obere Wohnung langsam hochgegangen. Da die Wohnungstür offen stand, hatte er die lautstarke Unterhaltung zwischen Mutter und Sohn Wort für Wort mitbekommen. Er suchte nach einer Klingel, konnte aber keine finden. Die Wohnungstüre war, ebenso wie seine, ohne Knauf, aber ganz normal mit Klinke ausgestattet. Anscheinend hatten die Bewohner der zwei Wohnungen einen offenen Wohnstil gehabt.

Er war hellhörig geworden, als er verstanden hatte, dass außer Jonas und dieser Becky anscheinend niemand mehr in dem Haus wohnte. Kein Wunder! Bei dieser abweisenden Furie würde es kein Mann lange aushalten. Sogar ihr Vater war ihr weggestorben. Philja beschloss, einer erneuten Begegnung aus dem Weg zu gehen, und verließ das Haus. Er hatte Hunger und wollte in der Gaststätte, die er auf dem Weg hierher gesehen hatte, einen Happen essen.

Das Erscheinen in der rustikalen Dorfgaststätte brachte Philja die Blicke aller Anwesenden ein. Das lag wohl nicht nur daran, dass er ein großer Mann war, sondern weil hier nicht sehr oft Fremde auftauchten. Besonders die Gruppe, die sich um den Stammtisch versammelt hatte, musterte ihn von oben bis unten. Mit einem Nicken begrüßte er alle Anwesenden und mied die Nähe zum Stammtisch nicht, mit Absicht. Schließlich würde er die nächsten Wochen in dieser kleinen Gemeinde verbringen und wollte die Menschen kennenlernen. Besonders interessierte er sich natürlich für den örtlichen Fußballverein.

Das Spielfeld lag genau neben der Bahnstrecke, auf der früher die Züge regelmäßig zwischen den Dörfern und der nächsten großen Stadt gependelt waren. Schon lange fuhr hier weder Personen- noch Güterverkehr. Das alte Bahnhofsgebäude lag brach da und verfiel. Die

Fußballer hatten keine Möglichkeit, sich umzuziehen, geschweige denn eine Toilette zu nutzen. Philja konnte den Wunsch des Jungen nachvollziehen. Für den Verein wäre es eine tolle Sache, das Gebäude zu nutzen.

Mit seinem unverwechselbaren Akzent bestellte sich Philja ein Bier und las noch einmal Jonas Brief, den er sich in die Hosentasche gesteckt hatte.

Lieber Herr Kulikow,

ich bin Jonas. Ich bin elf Jahre alt. Ich spiele Fußball beim FA Lindendorf. Mein Opa war Vorstand des Vereins. Er hat Ihnen schon geschrieben, weil der Verein das Bahnhaus von Ihnen abkaufen will. Mein Opa ist gestorben. Er hatte Kreps. Er hat immer gesagt, Sie hätten viel zu tun und würden sich deshalb nicht melden. Bitte, bitte! Können Sie nicht wenigstens jemanden schicken, der mal schaut, wie blöd es für uns ist? Wir haben keine Umkleidekapinen und nur so eine Plastikklobox. Die ist eklig. Wenn wir mal Kuchenverkauf machen und es regnet, dann wird der Kuchen nass.

Wenn jemand kommt, dann kann der auch bei uns wohnen. Die Wohnung vom meinem Opa ist leer.

Ihr Jonas Beck

Jonas Beck? Philja stutzte. Ach herrje! Die Furie hieß gar nicht Becky. »Ein Brief vom Jonas?«

Philja sah über seine Schulter und starrte in das Dekolleté der Bedienung. Diese bayerische Tracht hatte es wirklich in sich. »да … Ja.« Er zwang sich, der Dame ins Gesicht zu sehen.

»Sie sind aber nicht von hier? Sind Sie der Vater des Jungen?« Augenblicklich herrschte Ruhe im ganzen Lokal.

Philja antworte lauter als nötig: »Nein!« Bevor die Bedienung weiterging, fügte er hinzu: »Ich komme aus Moskau. Wegen des alten Bahnhofsgebäudes, das die Fußballabteilung kaufen will.«

»Hat der Junge Sie angeschrieben?« Ein Vollbärtiger vom Stammtisch hatte sich aufgerichtet.

»Ja. Ich wohne bei ihm und seiner Mutter.«

Die Bedienung lachte schrill auf und ging hinter die Theke zurück. »Jetzt muss der Junge schon Briefe schreiben, damit sich einmal ein Mann bei der Jennifer sehen lässt.«

»Sei still! Respekt vor dem Jonas. Während die vom Verein noch grübeln, was sie als Nächstes tun sollen, hat sich der Junge hingesetzt und geschrieben.« Am Stammtisch brach eine laute Diskussion aus. »Geh her«, winkte der Vollbärtige Philja zu, »ich geb dir einen aus.«

Eine Stunde später war die Runde noch fröhlicher geworden, und Philja war mittendrin. Traditionell waren alle zum Wodka übergegangen und hatten sich von Philja bereits in russische Gepflogenheiten einweihen lassen. Die Runde prostete sich zu. »Ваше здоровье!«

»Mich wunderts, dass du hier isst. Hat die Jennifer dich net eingeladen?« Philjas Sitznachbar trug einen Schnauzer, der beim Reden wackelte.

»Jennifer?«

»Em Jonas sei Mama.« Obwohl sich Philja wegen des ausgeprägten Dialektes des Mannes nur aus Wortklumpen einen Reim machen konnte, nickte er begreifend. Eine Antwort auf die vorherige Frage gab er trotzdem nicht. Der Schnauzbartträger rückte ihm noch ein Stück näher und sprach nun betont Hochdeutsch. »Keine Angst. Die hat kein Interesse an normalen Männern.«

Einige der anderen lachten auf. Philja wurde von der anderen Seite angestupst. »Richtig. Nur mit dem Tragen von Kostümen musst vorsichtig sein.«

Wieder brüllte die Gruppe vor Vergnügen auf. »Ja, vor allem, wenn es um Superheldenkostüme geht!« Erneutes Gelächter. Philja verstand nur die Hälfte.

Der Vollbärtige mischte sich ein. »A Rua jetzt. Schwer hats es kabt, die Jenni.«

Philja versuchte, die Gerüchteküche auszubremsen. »Keine Sorge. Ich habe eine Verlobte in der Heimat.«

Die Männer nickten, waren aber schon zu betrunken, um mit ihren Späßen aufzuhören. »Wenn ma die Frau von so am Superhelden ist, da hat mas scho schwer.«

»Vor allem, wenn ma goar net weiß, wer unter der Maske steckt.« Das amüsierte Geschrei durchbrach bereits den erträglichen Lärmpegel. »Reists eich gfälligst zam. Miar ham an Gast da!« Endlich hörten die Männer auf den Vollbärtigen, der es irgendwie geschafft hatte, sich Gehör zu verschaffen.

»Schon gut. Ich habe sowieso nicht alles verstanden.« Und das stimmte. Philja konnte sich keinen Reim darauf machen, was die Furie mit einem Superhelden zu tun haben könnte.

»Herr Philja? Hallo?« Jennifer stand mit einem Teller Maultaschensuppe in der Hand vor Philjas Wohnungstür. Zaghaft klopfte sie an das Holz. Schließlich drückte sie vorsichtig die Klinke der Tür nach unten. »Hallo?« Ihr leiser Ruf wurde von Stille beantwortet. Der Russe schien ausgeflogen zu sein. Nach kurzem Innehalten entschied sie sich, die Suppe auf den Küchentisch zu stellen. Er konnte sie sich dann immer noch aufwärmen oder kalt essen.

Jonas hatte so lange auf seine Mutter eingeredet, bis sie endlich einen Teller Suppe für den Gast abgezwackt hatte. Und Jonas hatte recht. Erschreckend! Sie musste sich von ihrem Sohn sagen lassen, wie man gastfreundlich war. Auch deshalb würde sie nicht mit dem vollen Suppenteller wieder nach oben gehen. Die kurze Idee, die Suppe einfach schnell selbst zu essen, um Jonas dann mit dem leeren Teller in die Irre zu führen, verwarf sie sofort wieder. Vorsichtig stellte sie den Teller auf dem kleinen Tisch in der Küche ab und sah sich kurz unschlüssig um. Neugierig wäre sie ja schon genug, um sich hier etwas genauer umzusehen. Aber die Vernunft siegte.

Nachdem sie nun schon einmal hier war, entschied sie, wenigstens ihre Malerutensilien einzupacken. Im Wintergarten, der sich an das kleine Wohnzimmer anschloss, war es um diese Tageszeit noch unerträglich heiß. Glücklicherweise hatte sie inzwischen die Latzhose gegen einen langen Rock getauscht. Das Arbeitshemd war einem riesigen T-Shirt gewichen.

Philja sah sofort den Teller mit der Suppe auf dem Tisch stehen, als er die Wohnung betrat. Die Furie war also doch nicht so zickig, wie es den Anschein hatte. Er hörte Geräusche aus dem Wohnzimmer. Langsam ließ er den langen Gang hinter sich und schielte durch die Wohnzimmertür. Durch die offene Terrassentür strömte eine unglaubliche Hitze in den Raum. Die Furie stand im Wintergarten, und die Sonnenstrahlen trafen ihren Batikrock. Dieser wirkte dadurch beinahe durchsichtig. Philja betrachtete ausgiebig die langen Beine, die sich unter diesem Fallschirm versteckten. Dann bemerkte er, dass sie offensichtlich ihre Malerarbeit wegräumen wollte. Sie hielt inne und betrachtete etwas, das ihr beim Aufräumen in die Hände gefallen war. Er näherte sich dem Wintergarten. Die Dielen knarzten.

Jennifer schrak auf. »Oh, ich hab Sie gar nicht gehört. Ich wollte nur meine Sachen wegräumen.« Sichtlich nervös wurde sie hektisch, und prompt fielen ihr mehrere Pinsel aus der Hand, nach denen sie sich sofort bückte. Philja betrat in aller Ruhe den Wintergarten und wartete geduldig, bis sie wieder aufrecht stand. Jennifer wurde sich ihrer Nervosität bewusst, und sie hasste sich dafür, dass sie sich so wenig im Griff hatte, wenn sie mit einem Mann alleine war. Und das war sie. Schon wieder mit ihm alleine. Sie wollte überhaupt nicht mit ihm alleine sein. Sie entschied sich für die Flucht nach vorn. »Ich komme einfach später wieder.« Gerade als sie an ihm vorbeigehen wollte, kam er ihr noch näher. Sie roch den Alkohol in seinem Atem.

»Lassen Sie die Sachen hier. Es ist Ihr Haus.«

Wie er das R rollte. Irgendwie klang das richtig süß. Seine Zunge schien ihm nicht mehr so ganz zu gehorchen. Trotzdem konnte Jennifer ihre Verkrampfung nicht lockern. »Richtig«, gab sie deshalb nüchtern zum Besten.

Philja konnte ihre Furcht spüren. Seine Anwesenheit war ihr ein Gräuel. »Sie können jederzeit in den Wintergarten. Sie stören mich nicht.« Beinahe hätte er über seine Worte selbst gelacht. Es war offensichtlich, wer hier wen störte.

»Also gut.« Sie konnte ihm nicht ins Gesicht sehen und verließ den Wintergarten.

»Danke für die Suppe«, rief er ihr noch nach.

Er griff nach dem kleinen Bild, das sie bei seiner Ankunft in der Hand gehalten hatte. Es war ein Foto. Vor einer malerischen Landschaft mit See erkannte er zwei Personen, die sitzend von hinten gegen das Licht der Abendsonne aufgenommen worden waren. Der Mann hatte seinen Arm um den Jungen gelegt. Philja nahm an, dass es sich dabei um Jonas handelte. Das graue Haar seines Nebenmannes ließ nur eine Vermutung zu. Hier saß Jonas mit seinem Opa.

Philja verglich das Foto mit der Skizze auf der Leinwand, die auf einer Staffelei im Wintergarten stand. Jennifer hatte vor, dieses Bild zu malen.

Kapitel 3

»Was machen Sie da?« Jennifer war stinksauer. Eigentlich hatte sie sich auf ihr Fahrrad schwingen und zur Arbeit fahren wollen, als sie durch ein Geräusch aus dem Garten aufgehalten worden war. Das Geräusch hatte wie ihre alte Leiter geklungen, wenn sie durch den Garten getragen wird. Ein leises Quietschen, begleitet von klapperndem Metall. Als sie um die Hausecke gebogen war, hatte sie ihre Leiter gesehen. Und sie war getragen worden. Von diesem Herrn Philja.

»Nach was sieht es denn aus?« Frech war er also auch noch. Die Leiter lehnte inzwischen an ihrem Haus, und dieser Russe stieg so schwunghaft daran hinauf, dass sich die Leiter bei jedem Schritt bedrohlich durchbog. Jennifer beobachtete das Geschehen sprachlos. »Dachte ich mir schon«, stellte Philja mit einem Blick in die Regenrinne fest.

Jennifer verschränkte die Arme. »Das werden Sie schön bleiben lassen.« Inzwischen hatte sie erkannt, was ihr Gast hier vorhatte. Philja stieg die Leiter gemütlich hinunter und machte eine galante Armbewegung in Richtung der Sprossen. »Bitte schön. Ich lasse Ihnen den Vortritt.«

»Ich mache das schon noch. Ich muss jetzt in die Arbeit.«

»Dann werden Sie damit leben müssen, dass ich die

Rinne sauber mache. Heute Nacht konnte ich kaum schlafen bei dem Regen.«

Jennifer wusste sofort, wovon der Russe sprach. Die Rinne lief schon seit längerer Zeit immer über, und das Wasser plätscherte dann sehr geräuschvoll auf die Steinplatten im Garten. Sollte sie jetzt deswegen Mitleid mit dem ungebetenen Gast haben? Sicher nicht. »Sie Ärmster. Ich dachte, Sie hätten am Nachmittag genug Alkohol getrunken, um zu schlafen wie ein Pferd.«

»Natürlich. Ich bin Russe und Alkoholiker. Sie haben ganz schön viele Vorurteile!«

Nein, auf diese Art von Gespräch würde sie sich jetzt nicht einlassen. »Dann machen Sie diese Rinne eben sauber. Ich muss jetzt wirklich los.«

Philja respektierte den Stolz der jungen Frau, verbuchte dennoch bei diesem kleinen Streit den Sieg auf seinem Konto. »Wo arbeiten Sie denn?«, rief er ihr noch nach.

»Im Kindergarten.«

Philja lachte so herzlich auf, dass Jennifer noch einmal zurückkam. »Was ist denn daran bitte schön so lustig?«

»Ich versuche mir nur gerade vorzustellen, wie Sie mit Pfeife und Gebrüll eine Gruppe Kindergartenkinder befehligen.« Jennifer wendete sich genervt ab. Aber Philja war bereits so in Fahrt. »Passen Sie auf, dass Sie keinen Ball an den Kopf kriegen.«

»Du hast also Besuch?«

»Hör auf. Ich kann es nicht mehr hören. Ich wurde

gerade von jeder Mama darauf angesprochen.« Endlich waren alle Kinder in der Gruppe da, und weil sich Neuigkeiten in einem 1300-Seelen-Dorf meist rasch verbreiten, gab es an diesem Morgen kein anderes Thema. Als jetzt auch noch ihre Kollegin Petra davon anfing, war das Maß voll.

»Jetzt komm schon. Die Kinder spielen gerade alle so schön. Erzähl!« Also berichtete Jennifer alles, was ihr dazu einfiel. Aber ihre Kollegin war mit den Erklärungen nicht ganz zufrieden und bemerkte spitz: »Du hast vergessen zu erwähnen, dass er unglaublich gut aussieht.«

»Was? Wer sagt das?«

»Die Friedel.« War ja klar. Für die Bedienung aus der Dorfwirtschaft »Adler-Wirt« sahen alle fremden Männer gut aus, wenn sie ein gewisses Alter nicht überschritten.

Jennifer versuchte ernsthaft, sich die Gesichtszüge dieses Russen vorzustellen, kam aber zu keinem Ergebnis. »Er hat ziemlich viele Haare im Gesicht. Dazu braucht man einen Röntgenblick, um das zu sehen.«

Ihre Kollegin gab sich schlagfertig. »Den hat die Friedel.«

»Wahrscheinlich.«

»Schade, dass er schon verlobt ist, was?« Für Jennifer war diese Information neu. Sie tat diese Tatsache jedoch mit einem Schulterzucken ab.

Natürlich war das Thema damit noch nicht erledigt. Im Laufe des Vormittages schaffte die Kollegin das Kunststück, den Inhalt sämtlicher Gespräche auf den russischen Gast zu lenken. »Der Bürgermeister ist auch schon ganz aus dem Häuschen. Und der Verein erst. Die überlegen schon, ob sie ein russisches Themen-wochenende organisieren.«

Das klang so absurd und doch amüsant. Für Jennifer wurde mal wieder deutlich, wie die Köpfe in diesem kleinen Ort tickten. »Spinnen die? Der ist hier, um zu sehen, wie unser Verein ohne Bahnhofsgebäude klar-kommt, nicht, weil er seine Heimat vermisst.« Jennifer schüttelte den Kopf. Das Dorf schien verrücktzuspie-len, obwohl der Mann erst seit gestern Mittag hier war. Inzwischen musste sie zugeben, dass sie auch stolz war. Auf ihren Sohn, weil er es geschafft hatte, Bewegung in die Sache mit dem Vereinsheim zu bringen. Und sie war sogar ein kleines bisschen darauf stolz, dass der russische Abgesandte bei ihr wohnte. Aber musste man ihm deswegen gleich in seinen Allerwertesten kriechen? Nein, mit Sicherheit nicht.

Philja verbrachte einen großen Teil des Vormittags da-mit, die verdreckte Regenrinne zu säubern. So schnell würde da nichts mehr überlaufen. Zumindest würde seinem Schlaf kein heftiger Regenschauer mehr im Weg stehen, dachte er zufrieden, als er sein Werk noch mal abschließend begutachtete. Wegen der Hitze hatte er sein T-Shirt ausgezogen und seine Jeans hochgekrem-pelt. Ein letztes Mal machte er sich auf den Weg die Leiter hinab. Er hatte bereits vergessen, wie oft er die-se Leiter heute nach oben und unten gegangen war, um den Eimer voll Dreck in der Biomülltonne zu entsorgen.

Schon nach einiger Zeit hatte er die Nachbarin be-merkt, die auffallend geschäftig in ihrem Garten arbeitete. Als sich ihre Blicke nun trafen, nickte er freundlich über den Zaun. »Sie sind also das Thema Nummer eins im Dorf?«, reagierte die Nachbarin sofort auf seinen Gruß.

Philja stieg die letzten Stufen von der Leiter und näherte sich dem Zaun. Es entging ihm nicht, dass der Blick der Nachbarin über seinen Oberkörper huschte. »Bin ich das?«

»Kann man wohl sagen. Und jetzt, wo ich Sie sehe, kann ich das verstehen.« Eine Frau, die kein Blatt vor den Mund nahm.

Philja nahm das Kompliment mit einem Lächeln zur Kenntnis und griff nach seinem T-Shirt. Er trocknete seine Hände daran ab. »Ich bin Philja.« Als die Frau ihre Hand zum Gruß über den Zaun streckte, schlug er ein.

»Magdalena Lecheler. Mein Mann Marius trainiert die E-Jugend.« Weil Philja das Gespräch nicht fortsetzte, füllte Magdalena das Schweigen. »Sie wohnen also bei Jenni?«

»Ja.«

»Wenn Sie mein Gast wären, dann ließe ich Sie nicht die Regenrinne ausräumen.«

»Sie hätte das auch nicht zugelassen, wenn sie eine Chance gegen mich gehabt hätte.«

Magdalena zog interessiert die Augenbrauen nach oben. »Normalerweise hat niemand eine Chance gegen Jenni. Passen Sie bloß auf! Sie hat manchmal Haare auf den Zähnen.«

»Haare auf den Zähnen?« Angewidert verzog Philja das Gesicht.

»Na ja, nicht buchstäblich. Wir sagen das über eine Frau, wenn … nun ja … wenn die männlichen Eigenschaften im Vordergrund stehen.« Philja lachte nicht mit Magdalena, obwohl er bei Jennifer auch diesen ersten Eindruck gehabt hatte. Sah in dieser kleinen Dorfgemeinschaft denn niemand genauer hin? »Manchmal tut mir der Jonas schon ein bisschen leid. Eine Mutter stellt man sich anders vor«, wetterte Magdalena, die Philjas strenge Miene nicht bemerkte, weiter.

Philjas Interesse war wieder geweckt. »Hat sie ihn adoptiert?«

Magdalena lachte auf. »Also, Sie sind der Erste, der das fragt. Daran merkt man gleich, dass Sie nicht von hier sind. Wir sind ja selbst nur zugezogen. Aber die Geschichte von Jenni haben wir sofort erfahren, da war die Farbe an unseren Wänden noch nicht einmal trocken.« Philja wartete geduldig ab. Er kannte diese Sorte Frauen. Er würde die ganze Geschichte zu hören bekommen, ob er nun wollte oder nicht. Noch während er sich fragte, wie sich eine Frau derart das Gesicht mit Schminke verunstalten konnte, legte Magdalena los. »Jennifer war gerade sechzehn, als sie mit Bekannten auf eine Faschingsveranstaltung nach Landsheim fuhr. Das ist eine Stadt, ungefähr zwanzig Kilometer nördlich von hier.«

»Ich weiß.«

»Auf jeden Fall hat sich Jenni auf dieser Party von einem fremden Mann schwängern lassen. Einem Mann in einem Spinnen-Superheldenkostüm.« Magdalena ließ diese Botschaft einen Moment wirken. Philja begriff nun, was die Männer am Stammtisch gemeint hatten. Magdalena war noch nicht fertig: »Sie hat diesen Mann nie wiedergesehen, weiß nicht einmal, wer er ist.«

»Ich wäre an ihrer Stelle von hier fortgegangen. Kein Wunder, dass sie Haare auf den Zähnen hat, wenn das ganze Dorf hinter ihrem Rücken über sie redet.« Magdalena gefror das Lächeln auf den Lippen. Philja drehte sich um und ging zurück in seine Wohnung.

»Du hast Besuch.« Petra nickte Jennifer entgegen, und sie folgte der Kopfbewegung ihrer Kollegin. Da stand er. Dieser Herr Philja. Am Zaun des Kindergartens. Es war kurz vor halb eins, und die meisten Kinder waren bereits abgeholt worden. Die letzten wurden von den Erzieherinnen im Freien beaufsichtigt. »Geh schon«, sagte Petra, und Jennifer schlenderte gemütlich über den Rasen auf den Zaun zu.

»Was machen Sie denn hier?« Unbeabsichtigt hatte ihre Stimme freundlicher geklungen, als sie es gewollt hatte.

»Ich wollte nur sehen, ob Sie tatsächlich mit der Pfeife arbeiten.«

Ein Lächeln huschte über Jennifers Gesicht, verschwand aber sofort wieder. »Was wollen Sie wirklich?«

Er wurde ebenfalls ernst. »Ich habe mich verlaufen.«

Nun, Jennifer hatte mit vielem gerechnet, aber nicht damit. »Wie bitte?«

»Ich war spazieren, bin hier zufällig gelandet, und jetzt brauche ich jemanden, der mich zurückbegleitet.«

Jennifer suchte im Gesicht dieses Russen nach einem amüsierten Anzeichen, konnte aber keines entdecken. Dennoch, es stand außer Frage, dass er sich niemals hier verlaufen hatte. Selbst der dümmste Auswärtige würde in diesem kleinen Ort die Hauptstraße finden. Sollte sie sich auf dieses Spielchen einlassen? War es denn ein Spiel? »Ich könnte meine Kollegin Petra bitten, Sie mit dem Auto mitzunehmen.« Gespannt wartete Jennifer, was er sich einfallen lassen würde.

Philja schloss die Augen und lächelte. Sie machte es ihm nicht gerade leicht. »Mein Arzt hat mir mehr Bewegung verordnet.« Als sein Blick ihren wiederfand, sah er sie lächeln, bevor sie antwortete.

»Das ist gut. Sie können neben mir herjoggen.«

»Mein Blick in die Zukunft sieht Sie verbotenerweise auf einem Gepäckträger sitzen.«

»Ach. Sie können in die Zukunft sehen?« Einfallsreich war er ja, dieser Russe. Das musste sie ihm lassen.

»Manchmal.«

Jennifer haderte mit sich. Sollte sie sich darauf einlassen? Es hatte nichts zu bedeuten. Sie konnte Männer mit Vollbart eh nicht leiden. Außerdem war der Kerl verlobt. Sollte er sich doch die Beine wund strampeln. Sie wendete sich um und ging ihre Sachen holen.

Philja wartete am Zaun und rief: »Ist das ein Ja?«

Jennifer wendete sich kurz zu ihm um. »Was sagt ihr Blick in die Zukunft?«

Als Jonas den kurzen Weg von der Bushaltestelle zu seinem Zuhause zurückgelegt hatte, fischte er nach seinem Hausschlüssel. Da hörte er die Stimmen von zwei Personen näher kommen, die undeutliche Laute von sich gaben. Erstaunt blickte er auf und machte ein paar Schritte zurück auf den Gehweg.

In erschreckendem Tempo schoss das Fahrrad seiner Mutter um die Ecke. Philja steuerte das alte Gefährt, und hinter Philja konnte Jonas nur die Beine seiner Mutter sehen, die diese merkwürdig abgewinkelt von den Speichen der Räder wegstreckte. Sie schrie. Jonas brauchte einen Moment, bis er begriff, dass dies ein Freudenschrei war. Der Fahrtwind blies ihr die Haare aus dem Gesicht. Mit quietschenden Bremsen und Reifen legte Philja eine filmreife Vollbremsung hin. Auf dem Asphaltbelag der Straße war eine lange Bremsspur entstanden, und der Geruch von etwas Verschmortem machte sich breit.

Mit offenem Mund starrte Jonas seine Mutter entgeistert an. Ihre Arme hatten sich an Philjas Hüfte geklammert, und als dieser sich lachend zu ihr umdrehte, löste sie sich sofort von ihm. Übereilt sprang sie vom Fahrrad, blieb mit ihrem Fuß am Gepäckträger hängen und fiel beinahe hin. Beherzt reagierte Philja sofort und packte sie mit festem Griff am Oberarm.

Der Blick, den sich die beiden für den Bruchteil einer Sekunde zuwarfen, blieb Jonas nicht verborgen. Er konnte nicht beschreiben, was dieser Blick wohl zu bedeuten hatte. Aber es war ein besonderer Blick. Sonst wäre ihm das nie aufgefallen. Seine Mama hatte große Augen bekommen, und im Blick von diesem Philja lag etwas sehr Freundliches. Jonas hatte sich immer gewünscht, dass sein Vater, wenn er denn mal einen hätte, ihn so ansehen würde.

Jennifer löste sich von Philja und fuhr sich durch ihr zerzaustes Haar, das kaum noch im Pferdeschwanz gebändigt war. »Jonas! Hallo. Wie war die Schule?«

»Gut.«

Dieses Ritual brauchte Jennifer jetzt, um in die Realität zurückzukehren. War sie gerade eben mit einem Mann durch das Dorf geradelt und hatte dabei lauthals gekreischt? Und hatte sich dieser Mann dabei benommen, als wäre er keine … ja … wie alt war er eigentlich? Egal wie alt. Die Anwesenheit dieses Russen überschritt so langsam Jennifers Belastungsgrenze. Anders konnte sie sich ihr Verhalten nicht erklären.

Mit strengem Stirnrunzeln tauschte Jennifer einen Blick mit Philja, dessen sorgloser Gesichtsausdruck sofort verblasste. »Ich räume das Fahrrad in die Garage«, hörte sie ihn sagen.

»Gut. Danke.« Philja machte sich mit dem Fahrrad auf den Weg.

»Mama«, flüsterte Jonas, »lad ihn zum Essen ein.« Jonas hatte gut reden. Seine Belastungsgrenze schien nach oben offen zu sein. Aber wieder einmal hatte er durchaus recht. Ja, sie wollte auf ihren Sohn hören.

»Öhm, ja, du hast recht. Herr Philja? Wollen Sie nachher mit uns essen?«

Philja drehte sich um, während er weiterhin das Fahrrad schob. Das klackende Geräusch der alten Reifen verlangsamte sich nicht. »Gerne. Aber ich heiße einfach nur Philja.«

»Oh! Ja. Genau. Ich rufe Sie dann, wenn das Essen fertig ist.« Peinlich berührt drängte Jennifer ihren Sohn zur Haustüre.

Jennifer hatte Apfelringe gekocht. Das Rezept kannte sie noch von ihrer Oma. Die geschälten und geschnittenen Apfelringe wurden in dickflüssigem Pfannkuchenteig gewendet und dann angebraten. Dazu gab es Zimtzucker und ironischerweise Apfelmus. Jonas liebte dieses Gericht. Bei Philja war sich Jennifer nicht so sicher. Sie hatte das Gefühl, als wartete er noch auf den Hauptgang. Obwohl es ihr eigentlich herzlich egal sein konnte, was Philja von ihr dachte, hatte Jennifer das Bedürfnis, sich zu rechtfertigen. »Unter der Woche koche ich meist nicht so aufwendig.« Ihr Lächeln strafte sie Lügen.

»Alles in Ordnung«, beschwichtigte Philja sie mit einer Handbewegung. Was hätte er jetzt für ein ordentliches Stück Fleisch gegeben! Dieses süße Zeug tat es höchstens als Nachtisch. Er wusste jetzt schon, dass er in spätestens einer Stunde wieder Hunger haben würde. Bevor er am späten Nachmittag das Fußballtraining begleiten würde, musste er auf jeden Fall irgendwo Vorräte einkaufen. Er brauchte Brot und Wurst, unbedingt. Daran würde ihn auch der mürrische Gesichtsausdruck seiner Gastgeberin nicht hindern.

Jennifer war wütend. Männer machten nichts als Ärger. Hoffentlich würde Jonas nicht so ein Kerl werden, wenn er erwachsen war. Mit Sicherheit nicht. Er würde jeden Mittag brav das Essen zu sich nehmen, das seine Frau ihm vorsetzte. Und selbst wenn es unter der

Woche jeden Tag Milchreis, Griesbrei oder Pfannkuchen gäbe, würde er sich darüber freuen. Da war sich Jennifer sicher.

Nach dem Essen hatte Philja gefragt, ob er sich das Herrenfahrrad aus der Garage ausleihen dürfe. Natürlich hatte sie es ihm erlaubt. Sein Ziel war ihr klar geworden, als er Jonas nach dem Weg zum einzigen Markt im Dorf gefragt hatte. Er war nicht satt geworden, obwohl er sich für das Essen höflich bedankt hatte. Was soll's? Wegen diesem Typen würde sie ihr Kochverhalten nicht umstellen. Sollte er doch zu seiner Verlobten nach Russland gehen und sich dort bekochen lassen.

»Warum schaust du so, Mama?«

»Ich schaue immer so.«

»Du schaust so, als ob du richtig wütend wärst. Ich denke dann immer, ich habe etwas angestellt.«

Energisch schrubbte Jennifer den Teller im heißen Wasser. »Ich schaue immer so.«

»Stimmt, Mama. Warum lachst du eigentlich nie?«

»Ich lache schon … ab und zu. Das Leben ist eine ernste Sache, und ich verhalte mich dementsprechend.« Jonas ließ seine Mutter alleine und machte sich an seine Hausaufgaben.

Jennifer beobachtete durch das Küchenfenster, wie ihre Nachbarin Magdalena mit dem Auto von einer Fahrt zurückkehrte. Ihre beiden Kinder, die Jennifer auch aus dem Kindergarten kannte, waren ebenfalls dabei. Mit lautem Gelächter sprangen Janine und Lucia (beide fünf Jahre alt) aus dem Auto und stürmten in den Garten.

Magdalena machte sich gerade daran, eine große Kiste mit Einkäufen aus dem Kofferraum des Wagens zu hieven, als Philja mit dem Fahrrad vorbeisauste. Sofort sprang er vom Sattel, legte seine Einkaufstasche ab und eilte zu Magdalena. Vor lauter Verblüffung hielt Jennifer mitten im Abtrocknen des Geschirrs inne. Wortlos nahm Philja Magdalena die Kiste ab. »Vielen Dank«, hörte Jennifer Magdalenas gesungenes Dankeschön durch das geschlossene Fenster. Sie beobachtete das Geschehen angewidert. Warum Philja dem größten Tratschweib des Dorfes behilflich war, blieb ihr ein Rätsel. Außerdem schaffte Magdalena es sonst schließlich auch, ihre Kiste alleine ins Haus zu tragen. Es war ja nicht gerade so, dass Marius das am Abend erledigen musste, wenn er von der Arbeit zurückkam.

Für Philja war es eine Selbstverständlichkeit, der Nachbarin zu helfen. Auch wenn er sich über ihre Lästereien im Garten geärgert hatte. Niemals würde er einfach so zusehen, wenn eine Frau einen schweren Gegenstand zu tragen hatte.

Kapitel 4

Jennifer, Philja und Jonas waren zu Fuß auf dem Weg zum Trainingsplatz. Mit schnellen Bewegungen versuchte Jennifer, den Russen auf Abstand zu halten. Ihre Bereitschaft, mit ihm über einen längeren Zeitraum ein Gespräch zu führen, hielt sich in Grenzen. Aber wie es schien, hatte der große Kerl keine Mühe, mit ihr Schritt zu halten. Im Gegenteil. Er sah sehr entspannt aus, und das ärgerte Jennifer noch mehr. »Sie können einfach zusehen. Ich mache mein Training wie immer«, gab sie daher barsch von sich.

»Brauche ich Ohrstöpsel?« Jennifer überhörte den belustigten Kommentar und ignorierte auch Jonas' vergnügtes Glucksen.

Auf dem Rasen angekommen, stellte Jennifer Philja erst einmal Marius vor, der immer direkt nach der Arbeit auf den Platz kam. Am Rand des Fußballplatzes stand eine hölzerne Kiste, die im Winter zur Aufbewahrung von Streugut genutzt wurde. Im Sommer lagerte die Fußballabteilung darin ihre Bälle.

Philja bemerkte, dass alle Spieler vollständig umgezogen zum Training erschienen. Die meisten mussten lediglich noch ihre Schuhe wechseln. Jennifer hatte ihre Trainingsschuhe ebenfalls in einer kleinen Tasche dabei, zusammen mit einem Getränk.

Das Training begann wie immer mit dem gemeinsamen Aufwärmen. Jennifer hatte Philjas Anwesenheit zuerst ignoriert und dann vergessen. Wie üblich begleitete sie die einzelnen Aufwärmübungen mit energischen Pfiffen aus ihrer Pfeife. Bei einem Rundblick über den Platz entdeckte sie die kleine Lena. Irritiert erkannte Jennifer, dass diese bei Philja stand, der am Rande des Spielfeldes auf dem Balken des Holzzaunes saß, der den Platz eingrenzte. »Lena!« Jennifers Schrei war mal wieder zu hoch.

Sie beobachtete, dass Lena, die auch heute ihr langes Haar zu zwei Zöpfen geflochten hatte, keine Anstalten machte, zum Training zurückzukehren. Vielmehr sah Jennifer Philja freundlich lächeln. Mit bösem Blick wehrte sich Jennifer gegen die Erkenntnis, dass er ein sehr anziehendes Lächeln hatte, und erkannte im selben Moment, was Lena vorhatte. Sie zog den großen Mann an der Hand von dem Zaun. Philja machte zu Jennifer eine entschuldigende Geste, joggte dann aber lässig hinter Lena her über den Rasen. Sobald er in Hörweite war, rechtfertigte er sich. »Sieht so aus, als ob ich mitmachen soll.«

»Ja, scheint so.« Die Belastungsgrenze war überschritten, eindeutig. Aber es gab kein Zurück mehr. Dann sollte er eben mittrainieren.

Mit ungutem Gefühl gesellte sich Philja zu der Fußballmannschaft. Er war es nicht gewohnt, in der Gegenwart so vieler Kinder zu sein. Die unbeschwerte Naivität der kleinen Lena, die ihn mit einem gezielten Lächeln sofort um den kleinen Finger gewickelt hatte, hatte ihn beinahe aus der Fassung gebracht. Warum nur war er dem Ruf eines fremden Jungen gefolgt? Musste er sich selbst so quälen? Wenigstens konnte er sich mit Gedanken an Jennifer sofort ablenken. Er verstand nicht, warum sie immer so bissig auf ihn reagierte.

Schon öffnete sie ihren Mund und schrie: »Liegestütze!« Dieses Geschrei war wirklich schrecklich. Wo hatte sie sich das nur angeeignet? »Auf den Boden!« Den Kindern zuliebe, aber auch, um sich selbst auf andere Gedanken zu bringen, überlegte Philja, wie er das Training lockerer gestalten könne. Aufmerksam wartete er deshalb, bis Jennifer sich kurz abwendete, äffte sie dann leise nach und gestikulierte ausschweifend mit den Armen. Die meisten Kinder kicherten sofort los.

Jennifer konnte gerade noch erkennen, dass Philja irgendeine Bewegung zur allgemeinen Erheiterung gemacht hatte. »Philja? Wie es scheint, bringen Sie nicht den nötigen Ernst mit zum Training.«

»Erwischt.« Gekünstelt schuldbewusst senkte Philja seinen Blick ins Grüne.

Jennifer konnte nicht anders. Er wollte schon wieder ein Spiel mit ihr spielen. Na gut! Er würde schon sehen, was er davon haben würde. »Was meint ihr? Wollen wir Philja ein paar Extraliegestütze machen lassen?«, schlug sie deshalb vor. Die Trainingsgruppe brüllte vor Begeisterung auf, und Jennifer zückte ihre Pfeife. Philja schmiss sich auf den Rasen und legte sofort damit los, in bewundernswertem Tempo einen Liegestütz nach dem anderen zu machen. Bis Jennifer endlich ihre Pfeife im Mund hatte, war Philja bereits beim zehnten Liegestütz angekommen. Sie bewunderte das Muskelspiel auf seinen Armen. Durch das enge T-Shirt konnte man sogar am Rücken gut erkennen, dass diese Übung für Philja wahrscheinlich zum alltäglichen Sport gehörte. Er hörte nicht mehr auf. »Das reicht … Philja, es reicht!«

Jennifer bückte sich und wollte ihn mit einer Handbewegung zum Aufhören bringen, aber Philja schnappte sich die überraschte Trainerin. Mit einer gezielten Bewegung riss er sie zu sich auf den Boden. Ehe sie sichs versah, lag Jennifer plötzlich halb unter ihm. Er schnaufte kräftig, und sie starrte ihn mit offenem Mund und großen Augen an. Neben dem Duft des Grases konnte sie seine Anstrengung riechen, und aus irgendeinem Grund war sie völlig handlungsunfähig.

Philja konnte sich nicht erklären, warum er die Frau zu Boden gerissen hatte. Und als sie jetzt unter ihm lag und ihn hilflos beobachtete, hätte er ihr am liebsten die lose Haarsträhne von der Stirn gestrichen. Aus solcher Nähe hatte er ihr Gesicht noch nicht betrachtet. Er ließ sich einen Moment Zeit, sie ausgiebig zu mustern. Auf ihrer Nase konnte er eine kleine Anzahl von Sommersprossen entdecken, die ihm bisher noch nicht aufgefallen waren. Ihre Haut war makellos. Er fand sie wunderschön.

»43! Das waren 43 Liegestütze!« In diesem Moment war Jennifer überaus dankbar für die Unterbrechung eines Jungen. Die Kinder begannen zu applaudieren, und Philja rappelte sich auf. Jennifer drehte sich sofort seitlich von ihm weg. Mit der flachen Hand am Hinterkopf fuhr sich Philja durch die Haare. Beide stellten gleichzeitig fest, dass die andere Trainingsgruppe interessiert zu ihnen herübersah. Jonas schien Marius etwas zu fragen, und Marius erwiderte etwas.

»Alles in Ordnung!« Jennifer stand auf und winkte zu Jonas hinüber. Ihre Stimme klang nicht frei. Sie schwankte merkwürdig.

Philja, dem durch die Liegestütze heiß geworden war, schlüpfte aus seiner langen Trainingshose. Darunter trug er eine Shorts.

Stark schluckend wandte Jennifer sich von diesem Anblick ab. »So! Jetzt wird aber trainiert!«

Das Training verging wie im Fluge. Jennifer brüllte wie immer, und Philja machte sich weiterhin über sie lustig. Er hielt es nicht einmal für nötig, es vor ihr zu verbergen. Die Kinder schienen an diesem Tag mehr Spaß beim Training zu haben als sonst. Als Jennifer die Kinder nach Hause schickte, blickte sie in fröhliche Gesichter.

»Kommst du jetzt immer zum Training?« Lena stand direkt vor Philja und blickte zu ihm auf.

»Eine Weile auf jeden Fall.« Sein Blick streifte Jennifers. »Das heißt, wenn eure Trainerin nichts dagegen hat.« Lena sah zu Jennifer. Diese zuckte gleichgültig mit den Schultern, wich dem intensiven Blick aus Philjas Augen gezielt aus und ging zum Spielfeldrand, um ihre Schuhe zu wechseln.

Jonas teilte seiner Mutter mit, dass er noch nicht mit heimgehen würde. Er wollte noch mit ein paar Freunden auf dem Platz bleiben. »Du bist aber zu Hause, wenn es dunkel wird!« Mit gerunzelter Stirn beobachtete Philja die Überfürsorge, hielt sich aber mit weiteren Kommentaren zurück. Jennifer verabschiedete sich derweil von Jonas. Als sie sich zu Philja umdrehte, hatte dieser bereits ihre Tasche in der Hand und verließ den Platz.

Wutentbrannt rannte Jennifer hinter Philja her. Ihre Schuhe polterten lautstark über den Asphalt der Straße. Mit einem kräftigen Ruck riss sie Philja die Tasche aus der Hand. »Geben Sie her! Ich trage meine Sachen immer noch selbst!«

»Meine Güte! Was passiert mir, wenn ich Ihnen die Türe aufhalte. Riskiere ich da etwa ein blaues Auge?«

Die beiden setzten sich gemeinsam in Bewegung. »Vielleicht ist Ihnen jetzt endlich klar geworden, dass ich keinen großen Wert auf falsche Aufmerksamkeit bei einem Mann lege.«

»Falsche Aufmerksamkeit? Sie scheinen überhaupt keinen Wert auf einen Mann zu legen, mal abgesehen von Ihrem Sohn natürlich. Falls es Sie interessiert: Ich habe Ihre Tasche gerne getragen, und das kam von Herzen.«

»Machen Sie sich schon wieder über mich lustig?«

Jennifers Fauchen stachelte Philja nur noch mehr an. »Ihnen kann man es wirklich nicht recht machen. Ich frage mich, wie Ihr Traummann wohl sein müsste?«

»Das ist jetzt nicht Ihr Ernst.«

»Doch. Kommen Sie schon. Es interessiert mich wirklich. Was mögen Sie an einem Mann?«

Jennifer überlegte kurz. »Alleine das Objekt in dieser Frage erübrigt jede Antwort.«

»Also, Voraussetzung wäre für Sie, dass er kein Mann ist? Verstehe ich das richtig?«

»Ich werde mich nicht mit Ihnen darüber unterhalten.« Der Heimweg kam ihr auf einmal ewig vor, und sie beschleunigte ihren Schritt noch mehr.

»Wahrscheinlich wünschen Sie sich eine Memme, die sich den ganzen Tag von Ihnen herumscheuchen lässt und jeden Mittag mit einer Süßspeise zufrieden…«

Fassungslos blieb Jennifer stehen und drehte sich zu Philja um. »Also gut, hören Sie auf. Ich mag es, wenn Männer Lachfältchen um die Augen haben. Zufrieden?«

Philja kam näher. »Sie stehen also auf alte Männer?«

Sie konnte das Lächeln um seinen Mund nicht einordnen. Was zur Hölle amüsierte ihn so? »Och … Sie … Ich mag große Männer.«

»Natürlich. Der kann die Regenrinne sauber machen, ohne dass er Ihre Leiter aus dem Schuppen holen muss.«

Mit rollenden Augen wendete Jennifer erneut und ging noch schneller als zuvor. Die nicht enden wollende Schimpftirade steckte Philja mit einem frechen Lächeln weg, während er gemütlich hinter ihr herging. »Ich kann Ihnen auf jeden Fall genau sagen, wie mein Traummann nicht aussieht. Er spricht auf jeden Fall keinen russischen Akzent, trägt keinen Vollbart und stellt sein Muskelpaket nicht in knallengen T-Shirts zur Schau. Außerdem macht er mich nicht während meines eigenen Trainings vor versammelter Mannschaft lächerlich.«

»Ja, das schaffen Sie auch alleine.«

Jennifer hielt es nicht für nötig, sich noch einmal zu Philja umzudrehen, und schimpfte weiter. »Ihr Russen seid so hart.« Der Vorwurf löste bei Philja einen herzlichen Lachanfall aus. Er konnte Jennifers weitere Schimpftiraden nicht mehr verstehen, schlenderte aber immer noch grinsend hinter ihr her. Es gefiel ihm, wie sie an die Decke ging, und er konnte sich des Eindrucks nicht verwehren, dass sie ihn mochte. Sie schien es nur noch nicht begriffen zu haben.

Am späten Abend klopfte Philja bei Jennifer an die Wohnungstür. »Einen Friedenswodka?«

»Friedenswodka? Ist das eine russische Tradition?«

»Wir machen eine draus.« Der versöhnliche, aber dennoch vorsichtige Klang seiner Stimme war nicht zu überhören.

Und obwohl sie eigentlich gerne abgelehnt hätte, fehlte ihr plötzlich die Kraft dazu. Der Tag war anstrengend gewesen, und sie war erschöpft. Für eine weitere Auseinandersetzung war sie nicht mehr stark genug. Jedenfalls heute nicht. »Also gut. Aber nur einer«, lenkte sie schließlich ein. Ihre Körperhaltung wurde weich, und ganz bewusst ließ sie die Schultern hängen.

Schweigsam folgte sie Philja die Treppe hinunter, bis in die Wohnung ihres Vaters. Da es keine Schnapsgläser gab, füllte Philja den Wodka in zwei kleinere Wassergläser. Jennifer setzte sich und sah sich um. Ein merkwürdiges Kribbeln erfasste ihren Körper. Als sie das letzte Mal hier am kleinen Esstisch der Küche gesessen hatte, war ihr Vater noch am Leben gewesen. Da war es ihm schon nicht mehr besonders gut gegangen. Für einen kurzen Moment schloss sie die Augen und schnaufte tief durch, damit das Gefühl des unwiederbringlichen Verlusts nicht die Oberhand gewinnen würde. Aber das flaue Aufkeimen dieses Gefühls ließ sich nicht so leicht vertreiben, und ihre Hände klammerten sich immer verkrampfter an das Glas mit dem Wodka.

So lange, bis Philjas Stimme sie zurück ins Hier und Jetzt holte. »Sie waren noch nicht so weit, oder?« Sie verstand nicht, bzw. konnte sich nicht vorstellen, dass er aus ihrem Gesicht so viele Informationen hatte herauslesen können. Er klang so verständnisvoll. Deshalb fragte sie nach, was er genau damit meine, und wurde überrascht. »Hier jemanden einziehen zu lassen.« Während er das sagte, machte er eine kreisende Kopfbewegung und blickte im Raum umher. Er war also sehr wohl in der Lage, vieles in ihrem Gesicht zu lesen. Mehr, als sie jemals einem Freund, geschweige denn einem Fremden zugestanden hätte. Sie hätte sich nicht auf den Wodka einlassen sollen, dachte sich Jennifer. Mit zusammengepressten Lippen nickte sie kurz und starrte dann vor sich hin auf die Platte des Tisches.

Ihre Ehrlichkeit imponierte ihm. Gleichzeitig konnte er in ihrem Gesicht ein Spiegelbild seiner eigenen verdrängten Emotionen erkennen. Gerade als er etwas sagen wollte, kam sie ihm zuvor. Ihre Stimme klang belegt und leicht rau. »Es … es ist gut, dass Sie hier sind. Wahrscheinlich hätte ich mich doch nie dazu überwunden, die Wohnung zu vermieten. Ich habe ja noch nicht einmal die Möbel weg. Habe mich selbst damit betrogen, dass ich erst einmal eine Ferienwohnung daraus machen könnte.«

Hatte sie gerade gesagt, es sei gut, dass er hier sei? Kaum zu glauben. Er hatte es gehört und so verstanden. Was müssen sie diese wenigen Worte an Überwindung gekostet haben? Er schaffte es nicht einmal mehr, einen witzigen Kommentar abzugeben, obwohl er die angespannte Stimmung gerne aufgelockert hätte. Nie im Leben hätte er gedacht, dass ein paar Worte aus dem Mund der Furie ihn derart berühren würden.

Die Gedanken an ihren Vater holten Jennifer jetzt gnadenlos ein. Sie starrte an die Wand und versuchte, das aufkommende Tränenwasser wegzublinzeln. Philja erhob sein Glas. »Auf Ihren Vater!«

Obwohl sie kaum ihren Ohren getraut hatte, nahm Jennifer ihr Glas und stieß es an seines. »Ja, auf meinen Papa!« Ihre Stimme klang noch belegter als zuvor. Als beide einen Schluck getrunken hatten, räusperte sie sich. »Sie ... hätten sich gut mit meinem Vater verstanden.«

»Ach?« Philja war ehrlich überrascht. Das klang aus ihrem Mund fast wie ein Kompliment. Gerade als er begann, sich ernsthaft Sorgen um Jennifers Zurechnungsfähigkeit zu machen, schließlich kannte er sie so zahm überhaupt nicht, erklärte sie ihre letzten Worte. »Er mochte Typen wie Sie.«

Gut, das klang jetzt wieder weniger wie ein Kompliment. Oder? Die Spannung im Raum und die unerträgliche Stille zwischen den wenigen Worten waren für Philja kaum auszuhalten. Er wollte ein Lächeln auf Jennifers Gesicht zaubern. »Aha! Ihr Vater mochte also unrasierte Typen, die ihr Muskelpaket zur Schau stellen?« Sein Plan ging auf. Jennifer lachte leise, und Philja war zufrieden, weil er sie wirklich abgelenkt hatte.

Mit etwas festerer Stimme erklärte Jennifer: »Nein, er mochte Typen, die hinlangen können, wenn es sein muss. Auch solche, die kein Blatt vor den Mund nehmen.«

Philja senkte den Kopf und musterte Jennifer mit einem leichten Lächeln und großen Augen. »Autsch! Das hat getroffen.«

»Wie bitte?«

Jennifer schien aus einem Tagtraum aufgewacht zu sein, und Philja blieb beim Thema. »Ich habe, wie sagten Sie, kein Blatt vor den Mund genommen und habe Sie damit verärgert.« Jennifers Gesicht verzog sich zu einer grimmigen Maske. Philja wurde sofort klar, dass sie das niemals zugeben würde. Sie nahm einen großen Schluck von dem Wodka, und Philja rechnete schon gar nicht mehr damit, dass jetzt noch ein Gespräch möglich sein würde. Die Stille im Zimmer überschritt wieder das Maß des Erträglichen.

Doch Jennifers ruhige Worte füllten den Raum mit Leben. »Ich habe eine fatale Schwäche für Männer in Kostümen.« Philja, der gerade einen Schluck aus seinem Glas nehmen wollte, hielt inne. Hatte sie das eben tatsächlich gesagt? »Sie haben wohl schon davon gehört?« Seine Unschuldsmiene verriet ihn, und Jennifer seufzte. »Natürlich haben Sie davon gehört. Warum sonst sollten Sie mich danach fragen, was ich an einem Mann toll finde.« Wieder trank sie aus dem Glas.

Als sie es geräuschvoll abstellte, schenkte er ihr einfach nach. »Ich habe davon gehört«, brummte er sanft.

»Dann wissen Sie ja Bescheid.«

Er ergriff das Wort, gerade als sie erneut einen Schluck trinken wollte, und hielt inne, um ihn gut zu verstehen. »Nein. Ich weiß nur, was die Leute erzählen.« Jennifer sah ihm direkt ins Gesicht. Er wich ihrem Blick nicht aus und ergänzte: »Meiner Erfahrung nach unterscheidet sich das, was die Leute erzählen, häufig von den wirklichen Ereignissen.«

Jennifer konnte nicht erklären, warum sie plötzlich das Bedürfnis verspürte, diesem Mann zu erzählen, was sie all die Jahre zum Gespött der Menschen hier gemacht hatte, und nahm einen riesigen Schluck aus dem Glas. Vielleicht lag es an der vertrauten Umgebung. Schließlich hatte sie oft hier mit ihrem Vater gesessen. Es konnte auch am Alkohol liegen, der bereits seine Wirkung tat. Wahrscheinlich lag es an diesem Philja, diesem Mann, der von weit her in ihr Dorf gekommen war. Er würde sie nicht dafür verurteilen, dass sie mit siebzehn Mutter geworden war. Letztendlich war es aber die Mischung aus diesen drei Tatsachen, die Jennifers Beschluss bestärkte, ihre Geschichte zu erzählen.

Während sie ihr Glas zurück auf den Tisch stellte, fasste sie den Entschluss, diesen Mann einzuweihen. Dabei umklammerte sie erneut das Glas, das unter ihren warmen Händen bereits beschlagen war. »Ich war immer ein braves Mädchen. Selbst als ich in die Pubertät kam. Ich rauchte nicht, ich trank nicht. Ich hielt mich von Jungs fern.«

Nach einer kurzen Pause und einem schnellen Blick in Philjas Gesicht fuhr Jennifer fort: »Meine Mama

56

habe ich nie kennengelernt. Sie verließ die Familie mit unbekanntem Ziel, als ich noch klein war. Ich wuchs hauptsächlich bei meinen Großeltern auf und natürlich bei meinem Papa. Ich wollte niemandem Ärger machen, und schon gar nicht wollte ich die Leute tuscheln hören, dass ich einmal so werden würde wie meine Mutter.«

»Wie war Ihre Mutter denn?« Philja bemühte sich um einen neutralen Tonfall. Auf keinen Fall wollte er Jennifers Bereitschaft unterbrechen. Und weil dies so war, bemerkte er, dass ihn ihre Geschichte ehrlich interessierte.

»Sie war eine Schönheit. Sie war warmherzig und lustig. Aber all das hielt sie nicht davon ab, meinen Papa und mich einfach zu verlassen. Sie wollte wohl etwas von der Welt sehen und ungebunden sein.« Ein harter Tonfall hatte sich während dieser Worte eingeschlichen. Jennifer musste eine Pause machen, um sich zu sammeln. Dabei begegnete sie Philjas Blick. Das Verständnis darin ließ sie weich werden. Gleichzeitig erschrak sie vor sich selbst und war augenblicklich hellwach. »Oh Gott! Warum erzähl ich Ihnen das eigentlich alles?« Sie wollte aufstehen und stützte sich am Tisch auf.

Aber Philja legte seine Hand auf ihre, und sie erstarrte in der Bewegung, weil sie diese vertraute Berührung völlig aus der Bahn warf. »Weil Ihr Vater mich gemocht hätte«, beantwortete Philja ihre letzte Frage.

Jennifer starrte auf seine warme Hand, die ihre vollständig verdeckte. Seine Worte hatten einen angenehmen Klang, als er hinzufügte: »Und weil ich hinlangen kann, wenn es sein muss.«

Philja hatte nicht vor, Jennifer jetzt gehen zu lassen. Natürlich würde er sie nicht daran hindern, sollte sie ihre Hand unter seiner wegziehen und fluchtartig den Raum verlassen. Dennoch versuchte er mit seinem Blick sein ehrliches Interesse an ihr zu verdeutlichen. Es wirkte. Wie in Zeitlupe setzte sie sich wieder, zog aber dennoch ihre Hand unter seiner hervor. »Was wurde aus der braven Jennifer?«

Sie ließ seine Frage eine Weile im Raum stehen, bevor sie antworten konnte. »Sie traf Spider-Man.« Jennifer schloss die Augen und schüttelte leicht den Kopf, als könnte sie selbst immer noch nicht begreifen, was damals passiert war. Und sie konnte es tatsächlich nicht. Im Grunde genommen klang diese ganze Geschichte so an den Haaren herbeigezogen, dass sie sie niemals glauben würde, wenn ihr jemand so etwas berichten würde. Dabei war es eine bittere Tatsache. Sie musste es ja wissen, sie war schließlich live dabei gewesen.

»Ich war auf eine Faschingsfeier eingeladen worden. Natürlich war ich schrecklich aufgeregt. Meine erste Party außerhalb von Lindendorf. Meine Freundin hatte arrangiert, dass wir mit ihrem Bruder dorthin fahren konnten. Leider wurde meine Freundin krank, und eigentlich wäre ich lieber zu Hause geblieben. Sie hatte aber so ein schlechtes Gewissen wegen ihrer Erkrankung, dass ich mit ihrem Bruder und seinem Freund mitgefahren bin. Die Feier war größer als erwartet, und der Bruder meiner Freundin kümmerte sich nicht weiter um mich. Ich kannte kaum jemanden und stand völlig überfordert in einer Ecke herum. Da kam er. Spider-

Man. Er war nett und lud mich auf ein Getränk ein. Ich war sofort verknallt.«

Kurz vergewisserte sich Jennifer mit einem Blick in Philjas Gesicht, dass er verstand, wie sie sich damals gefühlt hatte. Sie wollte nicht für völlig verblödet gehalten werden, weil sie sich in einen kostümierten Kerl verliebt hatte. Philjas Gesicht war aufrichtig, und seine klaren Augen strahlten sie genauso unvoreingenommen wie zu Beginn des Gesprächs an. Okay, er hatte bestanden. Sie redete weiter. »Das klingt vielleicht jetzt lächerlich, aber ich hatte schon immer eine Schwäche für Männer in Kostümen, ganz besonders für Superhelden. So wie einige Frauen auf Männer in Uniformen oder auf Männer in Anzügen besonders reagieren. Bei mir waren das immer die Superhelden. Muss ich noch mehr erzählen?«

Philja versuchte die angespannte Lage etwas aufzulockern, indem er sich über den Tisch zu Jennifer beugte und fragte: »Mit Cape oder ohne Cape?«

»Cape?«

»Bevorzugen Sie Superhelden mit Umhang oder ohne?« Ein kurzes, befreites Lachen drang aus Jennifers Kehle. Philjas Augenbrauen schossen überrascht in die Höhe. Ihr Lachen klang nett.

Als er zurücklächelte, bildeten sich um seine Augen lauter kleine Lachfältchen, was Jennifer sofort bemerkte. Sie starrte einen Moment zu lange in seine Augen. Sie fand ihn viel zu freundlich. Das war gar nicht gut. Und da kam sie rasant mit dem Fahrstuhl zurück ins Erdgeschoss, in die bittere Wirklichkeit. Ehe sie sichs versah, stand sie schon aufrecht da und haspelte nervös: »Ich muss jetzt gehen. Jonas ist bestimmt noch wach. Der geht immer erst ins Bett, wenn ich es sage.«

Diesmal hielt Philja sie nicht davon ab, als sie sich entfernen wollte. Er spürte genau, dass die Stimmung gekippt war, auch wenn er den Grund dafür nicht erspüren konnte. »Wann erfahre ich, wie die Geschichte weitergeht?«

Jennifer drehte sich auf der Küchenschwelle noch einmal zu ihm um, und ihre Arme machten eine hilflose Bewegung. »Das wissen Sie doch. Das Ergebnis der Nacht sitzt oben in seinem Zimmer. Sie dürfen schockiert sein. Es ist tatsächlich so schlimm, wie die Leute erzählen.«

Als Jennifer den Gang der Wohnung durchschritt, hörte sie Philja noch sagen: »Nein, das ist nicht schlimm. Schlimm ist es, dass die Leute nach zwölf Jahren deshalb immer noch hinter Ihrem Rücken über Sie reden.«

Kapitel 5

Jennifer hatte in dieser Nacht besser geschlafen als in der vorherigen. Die Tatsache, dass dieser Russe in ihrem Haus nächtigte, war nun nicht mehr ganz so beängstigend. Na ja, vielleicht hatte es auch an dem vielen Wodka gelegen. Jetzt, in völlig nüchternem Zustand, war es ihr mehr als unangenehm, dass sie ausgerechnet diesem Kerl so viel über sich erzählt hatte. Obwohl sie sich mit dem Gedanken beruhigte, dass sicherlich nicht viele Neuigkeiten für ihn dabei gewesen sein konnten. Sie hatte keinen Zweifel, dass er von gewissen Personen aus der Nachbarschaft bereits ausreichend informiert worden war. Dennoch hatte er ihr zugehört. Und obwohl sie es nicht wollte, rechnete sie ihm diese Tatsache hoch an. Vielleicht war er doch nicht so kaltherzig, wie sie angenommen hatte.

Ehe sichs Jennifer versah, war Jonas bereits zur Schule los. Die Gedanken an Philja und den gestrigen Abend hatten sie beherrscht, und sie hatte nicht bemerkt, wie die Zeit vergangen war. Jennifer machte sich wenig später auf den Weg zur Arbeit. Ihren Gast bekam sie nicht mehr zu Gesicht. Dennoch ging er ihr nicht mehr aus dem Kopf. Den ganzen Vormittag musste sie immer wieder an ihn denken.

So war es auch, als sie mittags am Rand des Sandkastens saß und bald Feierabend haben würde. Obwohl sie nebenbei Sandkuchen backte und auf die Kinder einging, konnte sie Philja nicht ausblenden. Er war seit Jahren der einzige Mensch in ihrer Umgebung, der offen Interesse an ihrer Lebensgeschichte gezeigt hatte. Alle anderen hatten es von anderen Menschen gehört, und niemand traute sich je, sie darauf anzusprechen. Hinter ihrem Rücken wurde mehr über sie geredet als mit ihr. Sie kannte es fast nicht mehr anders. Petra hatte ihr schon so oft vorgeschlagen, sie solle doch lieber nach Landsheim oder Schöndorf ziehen. Natürlich war das im Prinzip eine gute Idee. Eine Kleinstadt wäre zumindest etwas anonymer, und niemand würde sich um sie scheren. Aber hier im Dorf wurde sie wenigstens nicht mehr schräg angesehen, wenn Jonas sie Mama rief.

»Erde an Jenni!«

Jennifer sah sich nach ihrer Kollegin um. »Mmh?«

»Du bist heute wohl nur körperlich anwesend, oder?«

»Warum?« Wie besessen hatte sie Sand in einen bereits zum Bersten gefüllten Eimer geschaufelt und nahm erst jetzt das penetrante Klingeln wahr. Sie suchte nach der Ursache des kratzenden Gebimmels und erkannte Philja, der wieder vor dem Zaun des Kindergartens stand.

Er hörte sofort auf, mit der Fahrradklingel des Herrenrades auf sich aufmerksam zu machen. Mit ausschweifender Armbewegung schnaufte er tief durch und bedankte sich. »Endlich! Ich dachte schon, Sie hören mich nie.«

Dafür habe ich gerade an Sie gedacht, dachte Jennifer sich mit einem schiefen Lächeln. »Lassen Sie mich raten! Sie haben sich verfahren?« Es war offensichtlich, dass sie sich über seine Anwesenheit freute. Sein Lächeln wurde immer breiter. Jennifers Augen wurden schlitzförmig. Was war anders? Klar. Der Bart war ab. Nicht ganz, aber gut gestutzt. Sie verfluchte Friedel aus der Gaststätte. Die hatte tatsächlich recht gehabt. Er sah gut aus. Verdammt gut. Warum nur fiel ihr das immer erst auf, wenn Männer sich rasiert hatten? Das war beinahe so, wie ihr Superheldenfimmel. Sie konnte sich einfach auf Männer mit Bärten nicht einlassen. Es war ungefähr so, wie sich die Fans von Jon Bon Jovi niemals einig werden würden, ob er nun langhaarig oder kurzhaarig besser aussähe.

»Ach«, seufzte Petra laut, »gut, dass ich in festen Händen bin. Ansonsten wäre ich unglaublich gestresst.« Jennifer warf Petra einen bösen Blick zu. Diese ließ sich aber nicht bremsen und deutete lächelnd mit dem Zeigefinger auf ihre Kollegin. »Du bist gestresst. Ich kann es dir ansehen.«

Hastig beugte sich Jennifer ganz nah zu Petra und umschloss den wissenden Zeigefinger mit ihrer Hand. »Würdest du bitte noch lauter reden? Am besten rennst du mit einem Megafon durchs Dorf.«

»Du vergisst manchmal, dass ich nicht mehr in diesem Kaff wohne.«

»Entschuldige. Vielleicht bin ich tatsächlich gestresst, jetzt, wo er sich rasiert hat.«

»Willst du ihn noch länger warten lassen?«

In diesem Moment wurde das letzte Kind abgeholt. Philja grinste immer noch erwartungsvoll in die Freispielfläche des Kindergartens. Jennifer konnte nicht verhindern, dass ihr Pulsschlag sich beschleunigte. Endlich gab sie den Finger ihrer Kollegin frei. Hastig stand sie auf und klopfte sich den Sand von den Händen und der Hose. »Bin schon weg.«

Einige Minuten später fuhr sie mit ihrem Fahrrad neben Philja her. Sie hatten es beide nicht eilig. Der leichte Fahrtwind war an diesem heißen Tag eine willkommene Abwechslung.

»Morgen ist das Spiel Ihrer Mannschaft?«

Jennifer hatte geahnt, dass er irgendwann damit anfangen würde. »Ja, genau.«

»Auswärts?«

»Ja.«

Er blieb still. Irgendwo in sich spürte Jennifer, dass er nicht ungefragt mitfahren würde. Er war hier, um den Spielbetrieb und seine Probleme ohne Vereinsheim zu sehen. Eigentlich war ein Auswärtsspiel nicht seine Angelegenheit. Jennifer konnte einfach nicht über ihren Schatten springen. Warum sollte sie Interesse daran haben, ihn dabeizuhaben? Er hatte sich während des Trainings über sie lustig gemacht.

Philja sah kurz zu Jennifer hinüber. Der kleine Ansatz ihres Lächelns verschwand hinter zusammengepressten Lippen. Sie würde ihn nicht bitten mitzufahren. Eines war sicher. Er würde sich nicht aufdrängen. Wenn sie nicht hinter ihrer Mauer hervorkommen wollte, dann war es eben so.

Zu Hause angekommen, begann Jennifer das Mittagessen herzurichten. Sie bereitete Salzkartoffeln, Sauerkraut und Bratwürstchen zu. Schließlich kam Jonas von der Schule zurück. »Hallo, Mama!«

»Hallo, Schatz. Wie war die Schule?«

»Gut.«

Dieses tägliche Begrüßungsritual hatte sich irgendwann eingebürgert. Und Jonas antwortete immer mit »Gut«, auch wenn er einen Grund hatte, anders zu antworten. So kam es z. B. schon vor, dass keine halbe Stunde später eine schlechte Note zur Unterschrift vorgelegt wurde. Aber das heutige Ritual wurde sofort für beendet erklärt, als Jonas einige Minuten später ohne schlechte Note, dafür mit einer Nachricht die Küche betrat. »Mama. Der Philja ist im Keller und schimpft.«

»Im Keller?« Jonas zuckte mit den Schultern. »Kannst du aufpassen, dass hier nichts anbrennt oder überkocht?« Jennifer deutete auf die vielen Töpfe und die Pfanne mit den Bratwürstchen, und Jonas machte sich sofort ans Werk.

Hastig eilte Jennifer in den Keller. Ihre Hausschuhe klapperten lautstark auf den steinernen Stufen, konnten aber dennoch nicht die eindeutig knurrenden Schimpfereien aus dem Keller übertönen. Jennifer folgte den russischen Worten, von denen sie annahm, dass es sich um unanständige Fluchereien handeln musste. So jedenfalls klang es in ihren Ohren. Philja wurde in der Waschküche aufgefunden, wo er offensichtlich versuchte, die Waschmaschine in Gang zu bringen. Jennifer sah sofort, dass er eigenes Waschmittel gekauft hatte. Ihr Blick fiel auch auf den Wäscheständer, auf dem sie am gestrigen Abend noch ihre Unterwäsche aufgehängt hatte. Na prima! »Brauchen Sie Hilfe?«

»Was stimmt denn nicht mit dem Ding? Ich bekomme es nicht in Gang.« Seine Stimme klang bereits so angespannt, als hinge sein letztes Fünkchen Selbstbeherrschung an einem seidenen Faden. Außerdem war Philjas Frisur mehr zerzaust als gewöhnlich, was ihm das Aussehen eines gut benützten Kuscheltiers verlieh. Was konnte dieser Mann für ein Brummbär sein? Jennifer ging lächelnd an Philja vorbei und zwängte sich auf allen vieren zwischen Waschmaschine und Wand. Dann steckte sie den losen Stromstecker der Waschmaschine in die Steckdose. »Jetzt müsste es funktionieren.«

Als sie sich zu Philja umdrehte, bemerkte sie, wie sein Blick blitzschnell von ihrem Hintern flüchtete. Hastig verließ Jennifer deswegen die Lücke und richtete sich auf. »Haben Sie schon einmal eine Waschmaschine bedient?«

»Ist Jahre her.«

»Dann macht das wohl Ihre Verlobte, wie?« Philja reagierte erstaunt auf Jennifers Kommentar. Er konnte sich nicht erinnern, ihr gegenüber etwas von seiner Verlobten erwähnt zu haben. In diesem Dorf sprach sich wirklich alles herum.

Jennifer betätigte die Knöpfe der Waschmaschine und setzte sie in Gang. Die Waschmaschine verkündete mit den üblichen Geräuschen, dass sie damit einverstanden war, und schon wurde Frischwasser in die Maschine befördert. Gerade als die Trommel ihre ersten Kreise zog, ließ Jennifer den zerzausten Philja in der Waschküche stehen.

Weil ihr Blick beim Hinausgehen noch einmal auf den Wäscheständer mit der Unterwäsche fiel, wurde nun auch Philja darauf aufmerksam. Er stellte fest, dass sie unter ihren weiten Kleidungsstücken eine beachtliche Oberweite zu verstecken schien. Seine Vorstellungskraft tat den Rest. Das verbotene Gefühl in seiner Lendengegend ignorierte er beharrlich.

Beim Essen stocherte Philja lustlos in seinem Sauerkraut herum. Während er die Kartoffeln und die Würstchen massenhaft in sich hineingespachtelt hatte, schien der Haufen mit dem Kraut einfach nicht kleiner zu werden. Jennifer, die ihm mit Absicht einen großen Löffel voll aufgeladen hatte, freute sich heimlich. Sie wusste, dass das bayerische Sauerkraut bei vielen Auswärtigen auf wenig Begeisterung stieß. »Schmeckt es Ihnen?«

»Ja … nur … darf ich einen Wunsch äußern?«

»Äußern dürfen Sie immer.« Jonas sah vergnügt zwischen Philja und seiner Mutter hin und her.

»Wann gibt es denn wieder diese leckeren Apfelkringel?«

Jonas prustete los, und auch Jennifer konnte sich ein Lachen nicht verkneifen. »Apfel R I N G E.« Philja war über Jonas' Verbesserung dankbar, lachte nun aber auch und fuhr sich nervös durch sein Haar, das immer noch strubbelig in alle Richtungen abstand.

Jennifer konnte ihre Neugier nicht länger verbergen. »Wo haben Sie denn so gut Deutsch gelernt?«

»In Moskau.« Jetzt lachte Jennifer befreit auf. Philja beobachtete begeistert, wie sie dabei ihren Kopf in den

Nacken warf. Sie war so schön, wenn sie lachte. Als hätte Jennifer Philjas Blick bemerkt, war sie kurz darauf wieder gefasst. Philja erklärte weiter. »Ich war schon immer sprachbegabt. Meinem Vater war es außerdem wichtig, dass ich viele Sprachen beherrsche. Ich lernte bei einem gebürtigen Deutschen, der in Moskau lebt. Da habe ich auch schon einmal dieses saure Kraut gegessen.«

»SAUERKRAUT!« Jonas hatte so langsam seinen Spaß daran, ihn zu verbessern.

»Ich finde, dass Ihr Akzent von Tag zu Tag mehr verschwindet.«

Philja sah an die Decke. »Woran das wohl liegen mag?«

Jonas kicherte schon wieder. Das Telefon läutete, und Jonas sprang davon. »Ja?« Das weitere Gespräch interessierte Jennifer nicht mehr. Sie ärgerte sich maßlos, dass sich Jonas nicht anständig mit seinem Namen gemeldet hatte, so wie sie es ihm schon mindestens hundertmal gesagt hatte. Erst als er an den Tisch zurückkehrte und etwas von seinem Schullandheim berichtete, kehrte sie ins Hier und Jetzt zurück.

»Stimmt, das Schullandheim. Das hatte ich schon völlig vergessen. Da müssen wir unbedingt am Sonntag drandenken, dass du packen musst. Was ich mich aber schon die ganze Zeit frage. Warum kannst du dich nicht mit deinem Namen melden, wenn du ans Telefon gehst?« Jonas zögerte mit seiner Antwort, und Jennifer entging es nicht, dass er sich mit einem Blick Schützenhilfe von Philja erhofft hatte. Jennifer war schon wieder viel zu laut geworden, und eigentlich hatte Jonas sowieso keine Chance, etwas zum Gespräch beizutragen. »Ich finde das so unhöflich. Ich will doch wissen, wer dran ist, wenn ich irgendwo anrufe!«

Jonas schielte schon wieder zu Philja, der sich jetzt tatsächlich in das Gespräch einmischte. »Das weiß der Anrufer doch.«

Jennifer konnte nicht begreifen, warum Philja für Jonas Partei ergriff. »Wie?«

Philja ließ sich nicht aus der Ruhe bringen, senkte sein Besteck und fixierte Jennifer mit einem offenen Blick. »Der Anrufer wählt doch die Nummer. Ihm ist doch klar, dass er bei Ihnen anruft.«

Jennifer war für einen Moment sprachlos. Aus dieser Perspektive hatte sie das noch nie gesehen.

»Philja meldet sich auch immer mit ‚Ja‘, wenn er an sein Handy geht.« Auch das noch! Jonas hatte in dem Gast schon ein Vorbild gefunden.

»Das ist mir egal. Ich melde mich zumindest mit Beck«, polterte Jennifer uneinsichtig.

Jonas stand frustriert vom Tisch auf und brachte mit entsprechend lautem Protestgeklapper seinen leeren Teller zum Spülbecken. »Ich geh Hausi machen.«

Als er weg war, fühlte sich Jennifer auf einmal Philjas prüfendem Blick ausgesetzt. »Was soll eigentlich diese Brüllerei die ganze Zeit?« Wie konnte er nur so sanft eine dermaßen gemeine Frage stellen?

»Was heißt die ganze Zeit?«

Philja hob entschuldigend die Hände. »Okay, nicht die ganze Zeit, aber oft genug. Was bezwecken Sie damit? Oder ist das eine dumme Angewohnheit?«

Jennifer wollte sich nicht auf ein Gespräch dieser Art einlassen. Sie hatte eigentlich überhaupt keine Lust auf solche Unterhaltungen. Aber Philja schien häufig die Gespräche in Richtungen zu lenken, die ihr nicht angenehm waren. »Bin ich hier in einer Therapiesitzung?«

Laut und deutlich hatte sie hiermit das Stopp-Schild geschwenkt. Und obwohl Philja diesen Wink durchaus verstanden hatte, zeigte er sich wenig beeindruckt. »Ich versuche nur, Sie zu verstehen, Ihre Grundeinstellung. Ich habe den Eindruck, dass Sie niemanden an sich heranlassen, vor allem keine Männer. Mal abgesehen von Ihrem Sohn.«

»Wollen Sie mir jetzt mit der Ödipus-Schiene kommen?«

Philja lächelte halb verzweifelt, gab aber nicht auf. »Was würdest du sagen, wenn dein Sohn eines Tages eine Freundin hätte?«

Jennifer stellte fest, dass er sie nun plötzlich duzte. »Häh?«

»Das wird irgendwann passieren.«

»Na und? Er ist und bleibt mein Sohn.«

Philja sackte in sich zusammen. Ob das nun eine echte Reaktion oder eine geschauspielerte war, konnte Jennifer nicht genau feststellen. »Das ist ja schlimmer, als ich befürchtet habe«, unterstrich Philja seine Geste. Jennifer wollte sich gerne aus dem Gespräch verabschieden, traute sich aber nicht, klein beizugeben. Sie wartete geduldig, ob es noch mehr mentale Prügel für sie geben würde. Philja entschloss sich tatsächlich, weiter nachzubohren. »Dein Sohn hat sich verliebt.«

»Was? Das erzählt er Ihnen?«

Philja lächelte. »Genau. Er erzählt es mir, weil du genau so reagierst, wie er es sich vorstellt.«

»Ich reagiere doch gar nicht!«

Philja lacht. »Du hättest eben dein Gesicht sehen sollen.«

Da er sich anscheinend dazu entschlossen hatte, beim vertrauten Du zu bleiben, wechselte Jennifer auch dazu. »Was mischst du dich ein? Du bist nicht sein Vater!« Jennifer merkte genau, dass sie ihn mit ihren Worten getroffen hatte. Philja verschloss sich, und sie konnte nicht mehr zurückrudern. Wenn ihr nicht gleich etwas einfiel, würde er aufstehen und gehen. Aus einem unbestimmten Grund wollte sie das aber nicht. Sie wollte, dass er hier saß und sich für sie interessierte. Nach einer kurzen Pause ließ sie deshalb die Bombe platzen. »Ich wollte ihn abtreiben.«

Jennifer fürchtete sich vor seiner Reaktion. Aber noch mehr fürchtete sie sich vor ihrer dunklen Seite, die tief in ihrem Inneren geschlummert hatte. Mit ihrem letzten Satz hatte sie diese Seite geweckt. Ihr Atem ging auf einmal schwer, und sie starrte auf die Tischplatte. Obwohl sie ihre Lippen fest aufeinanderpresste und schließlich die Augen schloss, konnte sie das belastende Gefühl in sich nicht wegsperren. Da war diese Schuld, die sie beinahe auf sich geladen hätte und die sie immer mit sich herumtragen würde. Tränen stiegen wie von selbst in ihre Augen.

Philja konnte nicht fassen, was er da zu hören bekam. Ja, er war schockiert. Mit Sicherheit war diese Tatsache ein wohlgehütetes Geheimnis. Der Dorfklatsch wäre ansonsten zweifellos schon längst bei ihm gelandet. Er sah ihr gequältes Gesicht, und seine Empörung über ihr Geständnis war dahin.

Mit zitternden Lippen versuchte sie etwas zu sagen. »Ich …«

Da legte er ganz spontan seine warme Hand auf ihre. »Es ist gut. Es tut mir leid. Ich hätte mich nicht einmischen dürfen. Ich glaube, ich verstehe, dass du eine ganz besondere Bindung zu ihm hast, immer haben wirst.«

Jetzt liefen Jennifer zwei Tränen über die Wangen. Sie zwang sich, Philja die ganze Wahrheit zu sagen. »Du wolltest doch wissen, wie die Geschichte weiterging.« Obwohl ihre Stimme weinerlich klang, ließ sie sich nicht beirren. In diesem Moment war sie Philja mehr als dankbar, dass er ihren Versuch, sich ihm anzuvertrauen, nicht unterbrach. »Als ich merkte, dass ich schwanger war, war Spider-Man bereits über alle Berge. Ich wusste nichts über ihn. Gar nichts. Er hatte seine Maske den ganzen Abend über aufbehalten, selbst als er mit mir geschlafen hat. Ich war noch Jungfrau gewesen. Nicht einmal darüber hatten wir gesprochen, geschweige denn über Verhütung. Ich war jung und naiv. Dass ich sofort schwanger sein könnte, kam mir nicht in den Sinn. Auch als meine Periode ausblieb, verdrängte ich die Möglichkeit einer Schwangerschaft einige Zeit. Schließlich vertraute ich mich dann aber meiner Oma an. Sie kaufte mit mir zusammen einen Test, und da hatte ich die Bescherung.«

In diesem Moment waren Jennifers Erinnerungen so präsent, als hätte sie den Test eben erst gemacht. Sie konnte sich lebhaft an das beängstigende Gefühl erinnern, das sie befallen hatte. Die Panik von damals war zum Greifen nah. Einige Geräusche wie das Läuten der Türklingel der Apotheke, die sie mit ihrer Oma aufgesucht hatte, huschten durch ihre Gedanken. Sie konnte ihre Oma sehen, die in ihrer schwarzen Lederhandtasche nach ihrer Geldbörse suchte, und der Klack, mit dem diese Geldbörse nach dem Einkauf geschlossen wurde, hallte in Jennifers Erinnerung nach und ließ sie zusammenzucken.

Philja beobachtete jede Regung ihres Gesichts, und es war ihm, als könnte er ihre Angst und Panik miterleben. Gerade als er überlegte, ob er etwas sagen sollte, fand Jennifer ihre Stimme wieder. »Meine Familie trug die Neuigkeit mit Fassung. Nur ich nicht. Ich wollte keine Mama sein. Ich war unsicher, ob ich das schaffe. Ich fühlte mich zu jung. Herrgott, ich hatte doch mein ganzes Leben noch vor mir, stand kurz vor dem Abschluss, wollte eine Lehre machen. Mein Vater war für mich da. Als ich über eine Abtreibung nachdachte, weigerte er sich zuerst, mir seine Unterschrift zu geben. Ich war ja noch nicht volljährig und brauchte seine Einwilligung. Als er aber mitbekam, wie ernst es mir zu sein schien, gab er nach. Wir hatten sogar schon den Termin, saßen sozusagen bereits im Auto auf dem Weg dorthin …«

Wieder wurde Jennifer von ihren Erinnerungen eingeholt. Sie konnte sich plötzlich lebhaft an jedes noch so kleine Detail erinnern. Sie wusste noch genau, wie sie ihre Hände in den gemusterten Polsterstoff des Autositzes gekrallt hatte, wie der ekelhafte Duftbaum die alten Gerüche des Wagens nur teilweise übertüncht hatte. Sie wusste sogar noch, welches Lied aus dem Radio geplärrt hatte, als ihr Vater den Motor gestartet hatte.

Philja, der den inneren Kampf nur erahnen konnte, drückte Jennifers Hand fest. Kurz schweifte ihr Blick ins Nichts, und sie knabberte an ihrer Oberlippe. Dann holte sie tief Luft. »… ich habe es einfach nicht über mich gebracht. Ich wusste, dass mich mein ganzes Leben lang Gewissensbisse plagen würden. Jetzt kann ich mir ein Leben ohne Jonas nicht mehr vorstellen. Ich bin so froh, dass ich ihn hab. Ich war sofort froh darüber, als ich dieses kleine, hilflose Würmchen in meinen Armen gehalten habe.«

Die Tränen rannen nun in einem nicht enden wollenden Bach aus Jennifers Augen und tropften vor ihr auf den Tisch. Philjas Hand lag immer noch auf ihrer. Immer wieder fielen warme Tropfen auf seine Hand. Er bemerkte dies kaum, so berührt war er von Jennifers Worten. Es versetzte ihm tief im Inneren einen Stich, dass eine Mutter beinahe ihr eigenes Kind töten wollte, denn das war es in seinen Augen. Andererseits konnte er sie verstehen. Er versuchte, sich in ihre damalige Lage zu versetzen, und konnte nicht beurteilen, wie er als Frau an ihrer Stelle gehandelt hätte.

»Wie es dann weiterging, kannst du dir ja denken. Das ganze Dorf hat sich das Maul über mich zerrissen, als es offensichtlich war, dass ich Mutter werde. Die

Story mit Spider-Man wurde über meine damals beste Freundin weiterverbreitet.«

»Du hast es aber irgendwie überstanden.«

Jennifer öffnete die Augen. »Ja, aber was hat es aus mir gemacht? Manchmal kann ich mich selbst nicht leiden. Vielleicht stimmt auch etwas nicht mit mir.« Philja wusste nicht mehr, was er ihr noch Tröstliches sagen könnte. Jennifer redete sich weiter in Rage. »Weißt du, wie es ist, wenn dein Sohn dich fragt, ob Spider-Man sein Papa ist, weil er das von irgendwo gehört hat? Da war er gerade einmal fünf. Spider-Man! Ich bitte dich! Ich glaube kaum, dass Spider-Man einen großen Leberfleck im Schambereich hat.«

»Nicht alle Männer sind Schweine.« Jennifer betrachtete Philja, der ein Lächeln versuchte. Er drückte ihre Hand abermals und näherte sich ihr. »Ich glaube, du hast weder ein Problem mit dir noch mit deinem Sohn. Mit euch ist alles in Ordnung. Du bist deinen Weg gegangen, und ich finde, du hast dich tapfer geschlagen. Du scheinst einen allgemeinen Gram gegen deine Umwelt zu hegen, teilweise sogar zu Recht.« Philja war in diesem Moment sehr froh darüber, dass seine Stimme den gewohnten Klang hatte. Und Jennifer war über die Ablenkung dankbar. Sie wischte sich die Tränen in den Ärmel ihres T-Shirts und zog kräftig Luft durch ihre verstopfte Nase. »Deshalb schreist du dir manchmal die Seele aus dem Leib. Du willst sie alle von dir fernhalten, besonders die Männer.« Jennifer wurde in diesem Moment bewusst, dass Philja sie längst durchschaut hatte.

»Mama? Warum weinst du?« Jonas stand in der Küchentür.

Jennifer riss sofort ihre Hand unter Philjas hervor, stürzte auf Jonas zu und drückte ihn ganz fest an sich. »Weißt du eigentlich, wie lieb ich dich hab?« Jonas war überrascht über den Gefühlsausbruch seiner Mutter, drückte sie aber schließlich auch. Philja nutzte die Gelegenheit und verließ die Wohnung seiner Gastgeber.

Er beeilte sich, in seine Wohnung zu kommen, ging ein paar Schritte aufgeregt im Wohnzimmer umher. Dann ließ er sich auf das kleine Sofa sinken. Schockiert legte er seine Hand über seinen Mund und begann zu weinen. Obwohl zuerst Jennifers Geständnis diese Reaktion bei ihm hervorgerufen hatte, weinte er schließlich hauptsächlich wegen seines eigenen Verlustes.

Philja hielt sich den Rest des Wochenendes im Hintergrund. Obwohl Jonas ihn fragte, ob er mit zu dem Auswärtsspiel fahren wolle, blieb er fern. Wahrscheinlich hätte er die haushohe Niederlage auch nicht abwenden können. Philja bemerkte wohlwollend, dass der Umgang zwischen Jennifer und Jonas warmherziger geworden war. Vielleicht konnte sich Jennifer eines Tages verzeihen, dass sie ihn abtreiben lassen wollte.

Kapitel 6

Philja begleitete Jennifer und Jonas am Montagmorgen zum Bus. Sie fuhren mit dem alten Wagen von Jennifers Vater, einem orange-gelben Ford Taunus Kombi nach Schönstadt, wo die Realschule war. Auf dem Parkplatz übernahm Jonas seinen Rollkoffer.

»Hast du alles?«

»Ja, Mama.«

Jonas war wesentlich entspannter als Jennifer, was Philja ein Grinsen entlockte, bevor er sich zu fragen traute: »Wer fährt denn nun eigentlich auf Klassenfahrt?«

Jennifer rollte mit den Augen und legte ihren Arm auf Jonas' Kopf, um sein Haar zu zerzausen.

»Mama!«, schimpfte Jonas und begann sofort krampfhaft damit, seine Frisur wieder in die richtige Form zu bringen. Gemeinsam verließen die drei den Parkplatz und gesellten sich zu der Gruppe von Eltern und Schülern, die bereits an der Bushaltestelle warteten. Die Klassenkameraden kamen in Sichtweite, und nun war sowieso Abstandeinhalten Pflicht. Nicht, dass Jonas sich noch als Muttersöhnchen beschimpfen lassen musste.

Kurze Zeit später winkte Jennifer zusammen mit einigen anderen Eltern dem abfahrenden Bus hinterher. Zurück im Auto, fackelte Philja nicht lange. »Könntest du mich in der Altstadt absetzen?«

Jennifer war von Philjas Frage irritiert. »Ja, natürlich.« Erst jetzt fiel ihr die Tasche auf, die er dabeihatte. »Du reist ab?« Jennifer erschrak selbst über ihren schockierten Tonfall.

Philja bemerkte dies und verzog das Gesicht zu einem besänftigenden Lächeln. »Ich muss für ein paar Tage nach München. Herr Kulikow hat dort ein paar Dinge zu regeln.«

Jennifer versuchte, sich ihre Enttäuschung nicht anmerken zu lassen. Aus dem lästigen Gast war längst ein liebgewonnener Bekannter geworden. »Das klingt ja geheimnisvoll. Musst du ein paar Leute umbringen?« Sie versuchte zu scherzen, dabei lag ihr eher die Frage im Mund, wann er wiederkommen würde.

»Nein, ich möchte nur endlich einmal wieder etwas Anständiges zu essen bekommen«, scherzte er zurück.

Sie fuhr ihn in die Altstadt, wie er gebeten hatte. Natürlich wunderte sie sich, warum er nicht am Bahnhof aussteigen wollte, stellte aber keine weiteren Fragen. »Hier kannst du halten«, bemerkte er plötzlich und deutete auf den Seitenstreifen. Sie fuhr sofort rechts ran, obwohl es sich eigentlich um eine Parkzone für Taxis handelte. »Bis dann«, verabschiedete sich Philja kurz angebunden, und schon war er weg.

»Bis dann«, flüsterte sie noch, obwohl er es bestimmt nicht mehr hören konnte. Einen Moment saß Jennifer noch in dem parkenden Wagen und versuchte zu verstehen, was gerade passiert war. Eben waren sie noch gemeinsam gefahren, um Jonas zum Bus zu bringen, und schon war sie alleine. Sie hatte nicht damit gerechnet, ihn hergeben zu müssen. Von einem hupenden Taxi wurde sie schließlich aus der illegalen Parkzone verscheucht.

Als sie sich wieder in den Verkehr eingereiht hatte, sah sie Philja, der gerade telefonierend auf der Beifahrerseite in einen leuchtend blauen Wagen einstieg. Reflexartig stieg sie auf die Bremse, und wäre ein Auto hinter ihr gewesen, dann hätte sie mit Sicherheit einen Auffahrunfall provoziert. Beeindruckt begutachtete sie das einzigartige Fahrzeug. So ein Auto hatte Jennifer noch nie gesehen. Vorne war als Markenzeichen so etwas Ähnliches wie ein Dreizack zu sehen. Wie gerne hätte sie sich an Philjas Fersen geheftet. Ihre Neugier war eigentlich nicht besonders ausgeprägt, aber bei diesem Mann würde sie eine Ausnahme machen. Vielleicht könnte sie sogar einen Blick auf seine Verlobte erhaschen. Aber ihre Arbeit wartete bereits auf sie, und sie beeilte sich, zurück nach Lindendorf zu fahren.

Am Mittwochmittag holte sie Jonas an der Schule ab. »Wo ist Philja?«, war seine erste Frage.

»Hallo auch. Wie war es?«

»Gut. Wo ist Philja?«

Jennifer nahm ihrem Sohn den Trolley ab. »Der ist schon seit Montag in München.«

»Och, menno. Ich dachte, der holt mich auch mit ab. Wann kommt der denn wieder?«

»Keine Ahnung, Schatz, keine Ahnung.« Jennifer konnte dieses »Wo ist Philja?« bald nicht mehr hören. Erstens stellte sie sich diese Frage selbst Hunderte Male am Tag. Zweitens waren ihr die Kinder im Fußballtraining ebenfalls damit gekommen. Dann hatte sie diese Frage von Petra, verschiedenen Kindergartenkindern und ihrer Nachbarin Magdalena zu hören gekriegt. Jonas verzog sich am Nachmittag in sein Bett, so übermüdet war er von dem Schullandheim.

Am späten Nachmittag zog sich Jennifer in den Wintergarten der Erdgeschosswohnung zurück. Sie platzierte sich auf dem hohen Stuhl vor ihrer Staffelei und begann den Hintergrund ihres Seebildes zu malen. Die Hitze im Wintergarten wurde unerträglich. Selbst als sie alle Fenster aufgerissen hatte, war es ihr immer noch zu heiß. Ihre dünne Batikhose klebte an ihren Beinen, und sie zog diese kurzerhand aus. Das lange alte Hemd, das sie meist zum Malen anzog, knöpfte sie kurzerhand auf.

Als Philja sich vor Jennifers Haus absetzen ließ, öffnete Jonas gerade die Haustür. »Philja! Hallo!«

»Hallo, Großer.« Eine Weile saßen die beiden auf den Stufen vor der Haustüre, und Jonas berichtete vom Schullandheim. Dann sagte Jonas, er würde noch eine Weile zu seinem Freund eine Straße weiter gehen, und Philja betrat das Haus. Er wusste nicht, warum er aufgeregt war. Er war von einer sonderbaren Vorfreude erfüllt. Wenn er ausgepackt hatte, würde er sofort nach Jennifer sehen. Er wollte wissen, wie es ihr die letzten Tage ergangen war, wie ihre Stimmung war. Er war nicht sonderlich darauf bedacht, möglichst wenig Lärm zu machen, als er in die Erdgeschosswohnung ging. Als er jedoch den Luftzug wahrnahm, der durch die Wohnung fegte, weil er die Türe geöffnet hatte, tat er es doch.

Er schlich regelrecht durch den Gang und spähte vorsichtig durchs Wohnzimmer in den Wintergarten. Da saß sie und kehrte ihm den Rücken zu. Sein Blick fiel zuerst auf ihre nackten Füße. Als sie einen ihrer Füße gedankenverloren über die andere Wade fahren ließ, blieb sein Blick an den nackten Beinen hängen. Das offene Hemd verdeckte leider den Rest ihres Körpers. Ihr dickes Haar war durch eine Klammer am Hinterkopf festgesteckt. Als sie sich mit dem Pinsel in der Hand den Nacken massierte, bewunderte er ihren schlanken, braungebrannten Hals. Er konnte sich von ihrem Anblick nicht lösen. Sie hatte das Foto von Jonas und seinem Opa neben die Leinwand geheftet. Immer wieder vertiefte sie sich in dieses Bild, um dann in liebevoller Kleinarbeit Details auf die Leinwand zu tupfen. Philja näherte sich langsam.

Jennifer lächelte, als sie das Knarzen des Bodens hörte. Jonas hatte manchmal die Angewohnheit, sie zu erschrecken. »Schleichst du dich wieder an? Ich habe dich längst gehört.«

Philja erkannte sofort an ihrer Stimmlage, dass sie nicht ihn meinen konnte. Schade eigentlich. »Dann muss ich in Zukunft noch leiser sein.«

Jennifer schreckte auf und sprang von dem Hocker hoch. Sie wendete sich Philja zu, erinnerte sich dann aber daran, dass sie im offenen Hemd vor ihm stand. Sofort drehte sie sich wieder ihrer Leinwand zu. »Philja … ich wusste nicht … ich dachte …«

Philja lächelte mit breiten Backen. Er freute sich wirklich, sie zu sehen. Es war aber auch ihre Nervosität, die ihn berührte. Ja, er fand sie in diesem Moment regelrecht süß. Sie wirkte so anziehend auf ihn, dass er sie am liebsten in seine Arme gerissen hätte. Er sah ihr an, dass sie ebenso über seine Anwesenheit erfreut war. Auch wenn sie sich verräterisch nach ihrer Hose umsah, die hinter ihr auf dem Boden lag.

Jennifer drehte sich mehrmals um ihre eigene Achse. Sie konnte weder den Pinsel noch die Malpalette aus der Hand legen, obwohl sie das sonst ständig tat, wenn sie malte. Zu allem Überfluss kam Philja nun zu ihr hinüber, und sie kreiselte herum wie ein aufgescheuchtes Huhn. »Halt!« Sofort blieb sie stehen. Philja hatte sich ihr gegenüber positioniert. »Still halten«, warnte er sie. Seine Hände machten sich auf den Weg zu ihrem Hemd. Sie wollte zurückzucken, stellte dann aber fest, dass er die Augen schloss. Ihre Arme machten ihm Platz. Sie wollte weder sich noch Philja mit der Ölfarbe beschmieren. Philja kannte sich offensichtlich mit Hemdknöpfen aus. Geübt fuhr er an der Knopfleiste entlang und schloss Knopf für Knopf. Sie beobachte ihn dabei sehr genau, nahm jede Regung in seinem Gesicht auf. Als er den Knopf auf ihrer Brusthöhe schloss, sah sie ihn kräftig schlucken. Er war ebenso nervös wie sie. Seine Hände schienen sogar leicht zu zittern.

Er öffnete die Augen erst, als er den untersten Knopf geschlossen hatte. Sein Mund gefiel ihr, wenn er lächelte. Manchmal kniff er dabei die Lippen zusammen und sah auf seine Weise schelmisch sympathisch aus. Er senkte gerne eigentümlich sein Kinn. Je flacher sein Mund wurde, desto größer wurden seinen Augen. Auf seiner Stirn bildeten sich eine Menge Falten.

»Du hast Farbe im Gesicht.« Jennifer wurde wieder unruhig. Sein Daumen näherte sich ihrer Wange. Er fuhr ein paarmal zart darüber.

Jennifer hielt seinem Blick nicht länger stand. »Das ist Ölfarbe. Die kriegst du so nie ganz weg.« Endlich schaffte sie es, den Pinsel und die Farbpalette auf die Seite zu legen. Sie schnappte sich ihre Hose und beherrschte sich, die Wohnung nicht zu fluchtartig zu verlassen.

Es durfte nicht sein. Sie war gerade dabei, ihren Weg im Leben neu zu definieren. Einen Weg ohne ihren Vater. Sie konnte nicht so einfach einen neuen Mann in ihr Leben lassen. Besonders nicht, weil dieser Mann nicht mit ihr verwandt und erst recht nicht blutsverwandt war. Es entsetzte sie, dass ihr Herz jedes Mal schneller schlug, sobald sie auch nur an ihn dachte. Was passierte, wenn er ihr wirklich gegenüberstand, konnte sie schon gar nicht mehr in Gedanken fassen. Sie war völlig außer Rand und Band. Das musste jetzt ein Ende haben. Dieser Mann wohnte nicht nur über 2000 Kilometer weit weg von ihr (ja, sie hatte den Routenplaner im Internet aufgerufen), er war auch noch verlobt. Das konnte nur problematisch werden, und für Probleme hatte sie keine Zeit. Hatte sie nicht bereits genug Schwierigkeiten in ihrem Leben gehabt? Wieso musste da jetzt der Russe kommen und alles kaputt machen? Ob sich das die Amerikaner auch manchmal dachten?

Wie gerne hätte sie mit ihrem Vater darüber gesprochen. Er hatte es immer geschafft, ihr dabei behilflich zu sein, ihre Gedanken zu sortieren. Dabei hatte er ihr aber nie eine konkrete Handlungsaufforderung gegeben. Er fehlte ihr so sehr. Sie war noch nicht bereit gewesen, ihn gehen zu lassen. Er hatte seine Krebserkrankung mit einer Tapferkeit ertragen, die sie nicht hatte aufbringen können. Während er tapfer kämpfte, heulte sie nachts heimlich in ihr Kissen.

Sie heulte auch in dieser Nacht in ihr Kissen.

Philja hatte mit ähnlichen Überlegungen zu kämpfen. In erster Linie war er wegen Jonas hergekommen. In zweiter Linie wegen dieses Gebäudes, das ihn im Grunde genommen überhaupt nicht interessierte. Auf einmal schien es so, als wäre er wegen einer Frau hier. Einer Frau, die ihn auf den ersten Blick niemals interessiert hätte. Im Gegenteil. Er war sogar abgestoßen gewesen.

Manchmal sträubte er sich gegen seine Angewohnheit, hinter die Fassade eines Menschen sehen zu wollen. Er hasste Vorurteile und Schubladendenken, auch wenn er selbst natürlich nicht frei davon war. Dennoch bemühte er sich, jedem einzelnen Menschen grundsätzlich ein unvoreingenommenes Interesse entgegenzubringen. Und was hatte ihm das bei dieser Frau gebracht? Er war auf dem besten Wege, sich in sie zu verlieben. Sie zog ihn geradezu magisch an. Manchmal hatte er gar die Befürchtung, sie könnte sich seiner körperlichen Erregung bewusst werden. Nein, Philja war kein Mann, der einer Frau hinterherlief wie ein verliebter Pudel.

Philja wälzte sich im Bett. Er hatte Verpflichtungen in der Heimat. Es war von Anfang an klar gewesen, dass er nur vorübergehend hier sein würde. Wie konnte er nur daran denken, mit dieser Frau etwas anzufangen? Das war unmöglich. Nein, er hatte keine Zeit für Gefühle.

Jennifer startete voller Elan in den nächsten Tag. Nach langem Grübeln war ihr die Lösung für ihr Problem gekommen. Sie würde mit diesem Philja befreundet sein. Bisher hatte sie in ihrem Leben noch keine Freundschaft zu einem Mann gepflegt. Genau genommen hatte sie kaum Freundschaften gepflegt. Dennoch schien ihr dies eine gute Methode zu sein, um mit Philja umzugehen. Vielleicht würde daraus sogar ein guter Kontakt werden, und sie könnte mit Jonas Moskau besuchen. Wie es schien, war Philja ja so etwas wie ein persönlicher Leibeigener von diesem Kulikow, aber vielleicht könnte er etwas Zeit für einen Besuch freischaufeln.

Während Jennifer den ganzen Vormittag nebenbei diesen Gedanken nachhing, baute sie unbewusst ihr mürrisches Abwehrverhalten wieder auf. Ihr Unterbewusstsein hatte längst erkannt, dass sie sich mit dem irren Glauben an eine Freundschaft selbst betrog, und Gegenmaßnahmen eingeleitet. Dieser Mann musste auf Abstand gehalten werden.

Philja hatte an diesem Vormittag die Idee, für Jennifer und Jonas zu kochen. Er war mit dem Herrenfahrrad, das Jennifers Vater gehört hatte, zum Markt geradelt, um Zutaten einzukaufen. Inzwischen war ihm klar geworden, dass er nicht von hier abreisen und dabei den Kontakt zu Jennifer und Jonas für immer abbrechen lassen konnte. Er glaubte nicht wirklich an die Freundschaft zwischen Mann und Frau. Wie also konnte er mit Jennifer in Zukunft umgehen? Mit Jonas würde er nie Probleme haben. Die Chemie zwischen ihnen beiden hatte auf Anhieb gestimmt. Schon als er den Brief das erste Mal gelesen hatte, hatte er das vermutet. Aber Jennifer?

Philja lenkte sich mit Kochen ab und schob weitere Gedanken an Jennifer beiseite. Irgendwann würde ihm schon noch etwas einfallen.

Insgeheim hatte Jennifer gehofft, dass Philja sie wieder mit dem Fahrrad von der Arbeit abholen würde. Er kam nicht. Sie war überrascht, als sie zu Hause von appetitlichem Essensduft empfangen wurde. »Jennifer?« Wie es schien, wurde sie bereits erwartet. Philjas Wohnungstür stand offen.

»Ja!« Warum zum Teufel konnte sie dieses dämliche Grinsen nicht abstellen? Stell es ab! Es gelang ihr gerade in dem Moment, als Philja aus der Erdgeschosswohnung ins Treppenhaus kam.

An ihrem Gesichtsausdruck konnte er sofort ablesen, dass sie seine Einladung zum gemeinsamen Essen abschmettern würde. Wenn er Pech hatte, würde sie hierfür sogar ihre Pfeife benützen. Daher entschied er sich kurzfristig, eine andere Strategie zu fahren. »Ich habe ein Problem.«

Jennifer verschränkte misstrauisch die Arme. »Ein Problem?«

»Ja. Ein großes Problem.«

»Ist der Wodka alle?« Philja lachte nicht über ihren Scherz, und Jennifer lenkte ein. »Also gut. Was ist los?«

»Der Ofen in dieser Küche ist eine Katastrophe.«

Jetzt reichte es Jennifer. Sie marschierte einfach an Philja vorbei in dessen Wohnung. »Mit dem Ofen ist alles in Ordnung. Der Einzige, mit dem hier etwas nicht stimmt ...« Natürlich sah sie sofort, dass an dem Küchentisch für drei gedeckt war. Sie zwang sich, zum Ofen weiterzugehen, und bückte sich. »Also das ist wirklich ein Problem.«

»Richtig. Durch diese Scheibe sieht die Portion viel zu groß für mich alleine aus.«

»Ist das ein russisch...« Weiter kam sie nicht.

»Nein! Wenn du es genau wissen willst: Das ist ein italienisches Gericht. Cannelloni mit Lachs.«

An der Art, wie er Cannelloni aussprach, erahnte sie es. »Du sprichst Italienisch?«

»Ho un debole per lei, la bellezza tedesca.«

»Was heißt das?« Jennifer richtete sich wieder auf. »So viel wie: Ich bin zu schwach, um das schöne Essen selbst zu schaffen. Ich brauche deutsche Unterstützung.«

»Das klang aber auf Italienisch viel kürzer.«

Philja ließ sich nicht aus der Fassung bringen. »Diesen Eindruck vermittelt das Italienische häufig. Das liegt daran, dass die Italiener so schnell reden.«

Jennifer wurde das Gefühl nicht los, dass Philja ihr einen riesigen Bären aufband. Er hatte schon wieder diesen Blick. Diesen »Ich senk den Kopf und runzle die Stirn«-Blick. Diesmal nicht, dachte sich Jennifer. Sie würde von diesem Blick nicht schwach werden. Ihr Gesicht erstarrte in finsterer Miene. Dennoch konnte sie seine Einladung zum Essen schlecht ablehnen. »Also gut. Ruf uns, wenn das Essen fertig ist.«

Sie verließ die Wohnung, und Philja starrte ihr nach. Er war zufrieden, es tatsächlich geschafft zu haben, dass Jennifer mit Jonas bei ihm essen würde. Ihm war auch klar, dass sie sich nicht von einem auf den anderen Tag von Frau Miesepeter in Miss Sunshine verwandeln würde.

Jonas freute sich riesig über das leckere Essen. Jennifer aß ebenfalls mit viel Appetit, verhielt sich aber zurückhaltend, was ein gemeinsames Gespräch anging. Dafür unterhielten sich Jonas und Philja umso besser.

Am Nachmittag begann Jennifer damit, den Rasen zu mähen. Philja hatte es aufgegeben, sich bei ihr um solche Arbeiten zu bemühen. Alleine schon die Art und Weise, wie sie den Mäher störrisch aus dem Schuppen geholt hatte, zeigte ihm deutlich, dass seine Einmischung nicht erwünscht war.

Jonas kam ebenfalls in den Garten. Vom Balkon des ersten Stocks gab es eine Außentreppe, die in den Garten führte. Jonas hatte aus dem Schullandheim mehrere Prospekte mitgebracht, die er seiner Mutter zeigte. »Die habe ich mitgenommen. Schau mal, der Freizeitpark sieht toll aus.«

Jennifer stellte den Rasenmäher kurz ab und sah

sich das Prospekt näher an. »Klar ist das toll. Hast du schon mal auf die Eintrittspreise geschaut?« Jonas nahm das Prospekt wieder an sich. Jennifer startete den Rasenmäher und schob diesen weiter. Als sie wendete und ihr Blick auf das Haus fiel, sah sie Jonas und Philja auf dem warmen Terrassenboden sitzen. Jonas zeigte Philja das Prospekt, und die beiden schienen sich gut zu unterhalten.

»Alle meine Freunde waren da schon.«

»Und warum warst du da noch nie?«

»Mama will für solche Sachen kein Geld ausgeben. Sie sagt, das Leben sei ihr schon spannend genug, da bräuchte sie so etwas nicht. Außerdem hätten wir nichts davon, wenn wir uns nach den ganzen Achterbahnen beim Arzt einrenken lassen müssen.«

Philja beobachte Jennifer, die den Rasenmäher noch forscher über den Rasen schob als vor fünf Minuten. »Weißt du was? Ich glaube, deine Mutter macht sich in Wirklichkeit ins Hemd.«

Jonas grinste breit. »Das glaube ich auch.«

Philja legte seinen Arm um Jonas und drückte ihn kurz an sich. »Nicht traurig sein. Das wäre doch gelacht, wenn wir deine Mama nicht irgendwie in diesen Park bekämen.« Jonas sah hoffnungsvoll zu Philja auf. Philja lächelte zurück. »Ich lass mir was einfallen. Versprochen.«

Kapitel 7

*J*ennifer staunte nicht schlecht, weil ihr Auto nicht in der Garage stand, als sie am Freitagmittag vom Kindergarten zurückkam. Die Motorhaube des Wagens stand offen. Philja stürmte aus dem Haus, als Jennifer mit dem Fahrrad neben dem offenen Motorraum hielt, um hineinzusehen. Sie konnte nichts sagen, weil sie sich nicht entscheiden konnte. Sollte sie sich nun ärgern oder einfach lachen?

Philja hatte ein ernstes Gesicht aufgesetzt. »Das Auto hat bei der Fahrt nach Schönstadt merkwürdige Geräusche gemacht. Ich habe mal nachgesehen, was fehlt.«

Wäre sie noch ganz die alte Jennifer gewesen, hätte sie nun lautstark gepoltert. Was zum Teufel berechtigte diesen dahergelaufenen Mann eigentlich dazu, einfach ihr Auto zu befummeln? Aber sie konnte es nicht. Irgendetwas sagte ihr, dass es nicht richtig war. Außerdem musste sie schon den ganzen Vormittag daran denken, wie viel Spaß sie gestern Abend beim Fußballtraining gehabt hatte. Philja brachte sich mittlerweile voll mit ein. Seine neckende Art stieß inzwischen nicht nur bei den Kindern auf positive Resonanz.

Jennifer stieg vom Fahrrad ab. »Öhm, okay … danke. Ist mir gar nicht aufgefallen.« Ein kleines Lächeln huschte über Philjas Gesicht. Jennifer bemerkte es jedoch nicht, da sie immer noch den Motor begutachtete. »Und?«

»Ich habe das Problem gefunden.«

»Aha! Ist etwas kaputt?«

»Noch nicht. Aber ich kann dir sagen, dass das Auto wahrscheinlich immer nur Kurzstrecken gefahren wurde.«

»Das siehst du?«

»Ja.« Täuschte sich Jennifer, oder zuckte es verdächtig um Philjas Mundwinkel? Philja wendete sich kurz ab und begann dann sachlich zu berichten: »Der Wagen sollte dringend eine längere Strecke gefahren werden. Am besten auf der Autobahn.«

Jennifer beobachtete Philja immer noch aufmerksam. »Aha! An welche Strecke hat der Herr Automechaniker denn da gedacht?«

»Das Auto selbst hat einen Vorschlag gemacht.«

Jennifer schüttelte den Kopf und konnte ein Lächeln nicht länger zurückhalten. »Das Auto selbst?«

»Ja.«

»Philja, ich …«

»Halt. Ich lüge nicht. Hier … das habe ich unter der Motorhaube gefunden.« Philja hielt Jennifer einen Zettel vor die Nase, der ihr verdächtig bekannt vorkam. Sie stellte nun endlich ihr Fahrrad ab und riss Philja das Prospekt aus der Hand.

Bevor sie erneut etwas sagen konnte, legte Philja ihr eine Hand auf die Schulter. Seine Stimme klang ungewohnt sanft. »Lass uns packen und fahren. Ich habe uns in einer Pension Zimmer reserviert. Wir bleiben bis Sonntag, und morgen können wir den ganzen Tag in dem Park verbringen.«

Jennifer holte Luft, aber Philja gefiel der Ausdruck ihres Gesichtes immer noch nicht. Er gab nicht auf. »Ich fahre und zahle. Du brauchst nichts weiter tun, als zu packen und dich in das Auto zu setzen.«

Wieder holte Jennifer Luft. Aber Philja ließ nicht zu, dass ihr auch nur ein Laut über die Lippen kam. »Gönn dem Jungen den Spaß. Es ist ihm wichtig. Außerdem möchte ich mich dafür revanchieren, dass ich hier bei euch wohnen darf.«

Jennifer schnaufte laut aus und starrte unschlüssig auf das Prospekt. Die große Hand Philjas, die immer noch auf ihrer Schulter lag, versuchte sie zu ignorieren. »Das Auto hat den Vorschlag gemacht?«

Philja lächelte. »Genau. Das Auto.«

»Also gut. Ich glaube, mein Papa wäre richtig sauer, wenn ich nicht auf sein Auto hören würde.« Philjas Hand drückte ihre Schulter leicht, dann ließ er sie los. Jennifer fasste sich erschrocken an den Kopf. »Es geht nicht! Wir haben morgen das Heimspiel.«

»Das ist geklärt. Marius übernimmt dein Team, und Jonas ist entschuldigt.«

Während Philja sich auf den Weg zurück ins Haus machte, rief Jennifer ihm nach: »Da war sich aber jemand verdammt sicher, dass wir fahren.« Philja drehte sich kurz um. »Ich hatte da so eine Ahnung, dass du zusagst.«

Jennifer seufzte auf und schnappte sich ihr Fahrrad, um es aufzuräumen. Sie konnte nicht leugnen, dass sie sich auf den Ausflug freute.

Jonas kam einige Zeit später von der Schule nach Hause. Er war ehrlich erfreut über die anstehende Fahrt. Jennifer fühlte sich augenblicklich bestätigt, hatte sie doch in der Zwischenzeit schon wieder mit ihrer Entscheidung gehadert. Als sie sich zu Philja und Jonas in das Auto setzte, konnte sie die Last, die von ihr abfiel, nicht definieren. Sie bemerkte nur, dass sie sich entspannte. Es kam ihr so vor, als wäre sie immer mit verkrampften Schultern herumgelaufen.

Philja holte aus dem alten Wagen heraus, was ging. Das Auto ging ihm auf die Nerven. Die Beschleunigung ließ trotz durchgetretenem Gaspedal zu wünschen übrig. Er war es nicht gewohnt, mit Lastwagen um die Vorherrschaft auf der rechten Spur der Autobahn zu buhlen. Jennifer warf ihm immer wieder einen Blick zu, aber er entspannte sein Gesicht gezielt. Mit Kommentaren hielt er sich völlig zurück. Er hatte gesagt, er würde die Fahrt übernehmen, also würde er dies ohne laute Schimpfereien durchziehen.

Nach einiger Zeit stellte er fest, dass Jennifer neben ihm eingeschlafen war. Sie musste wirklich müde sein. Er wusste, dass es sich dabei nicht um eine vorübergehende Ermüdung handelte. Sie war wahrhaftig erschöpft. Er kannte dieses Gefühl. Für sich bezeichnete er dies als eine Art Lebensmüdigkeit, nicht im Sinne von Suizidgefährdung. Eher wie ein privates Burn-out-Syndrom.

Philja sah kurz in den Rückspiegel und lächelte Jonas zu, der kurz von seinem Buch aufsah. Philja wusste, es war falsch gewesen herzukommen. Und doch war es so richtig, fühlte sich so richtig an.

Jennifer wachte auf. Das Auto parkte bereits. Von Philja und Jonas war keine Spur zu sehen. Jennifer sah sich um. Der Parkplatz war voller Kies, und Philja hatte im Schatten einer großen Birke geparkt. Jennifer drehte sich um. Bei dem riesigen Bauernhof musste es sich um die Pension handeln. Es war offensichtlich, dass der Hof nicht mehr dem Zweck der Landwirtschaft diente. Das Gebäude machte einen renovierten Eindruck.

Jennifer hörte Schritte über den Kies gehen. Da erschien Philja hinter einem Busch, der den Eingang zum Haus verdeckte. Ehe sie sichs versah, öffnete er ihre Tür und ging direkt in die Hocke. Sie sah ihn überrascht an. Sein Blick verriet ihr, dass er unangenehme Neuigkeiten hatte. Sie beschloss, einfach abzuwarten.

Er räusperte sich, ehe er sprach. »Ich mach es kurz. Wir haben ein Dreibettzimmer.«

»Oh!«

»Es scheint ein Doppelbett zu geben und ein einzelnes. Ich kann auch im Badezimmer schlafen.«

»Nein. Wir sind doch erwachsene Menschen. Das ist doch kein Problem.« Hatte Jennifer das eben laut gesagt? Natürlich waren das ihre Gedanken gewesen, nachdem sich der erste Schock über die Neuigkeit gelegt hatte. Aber das war ja der Sinn von Gedanken. Sie waren nur für einen selbst bestimmt.

Philja schien noch überraschter zu sein als sie selbst. »In Ordnung. Dann nehme ich das Einzelbett. Wollen wir uns das Zimmer ansehen?«

Jennifer stieg hastig aus dem Auto aus. Philja marschierte bereits vor ihr auf das Haus zu. Als sie das große Gebüsch umrundet hatte, bekam sie freien Blick auf den Eingang des Gebäudes. An einem Tisch auf der Terrasse saß Jonas. Er beschäftigte sich mit dem riesigen Eisbecher, der vor ihm stand. Er wirkte so glücklich, dass Jennifer ebenfalls lächelte. »Lass es dir schmecken«, sagte sie nur und folgte Philja, der offensichtlich schon wusste, wo er hinmusste.

Das Gästezimmer im ersten Stock des Hauses war klein, aber heimelig. Jennifer erkannte sofort, dass das Einzelbett, das quer vor dem Doppelbett stand, niemals für den großen Philja ausreichen würde. Er blieb vor dem Bett stehen. Ihm schienen ähnliche Gedanken durch den Kopf zu gehen. Seine Lippen waren aufeinandergepresst.

Jennifer sagte: »Das kleine Bett ist für Jonas. Du schläfst einfach im Doppelbett. Das ist doch kein Problem. Das macht überhaupt nichts. Wir haben zwei einzelne Matratzen. Wir …«

»Keine Angst. Von mir geht keine Gefahr aus.«

Gefahr? Wieso Gefahr? »Weil du verlobt bist?«

»Nein, weil ich nun mal nicht an Frauen interessiert bin, die sich wie ein Kerl kleiden. Ich stehe nicht auf Männer.«

Sie wusste, dass er sie mit diesem Spruch beruhigen hatte wollen. Der Schuss war aber nach hinten losgegangen. Seine Worte hatten sie verletzt. Auch wenn er damit recht hatte, im weitesten Sinne. Natürlich trug sie stets weite Sachen. Sie wollte ihre weibliche Figur für sich behalten, obwohl sie schlank war und keine Speckpölsterchen verstecken musste. Vielmehr wollte sie ihre runde Hüfte und die üppige Oberweite verbergen, und zwar vor dem Rest der Welt. Was war denn bitte schön so schlimm an Batikhosen mit Gummibund? Außerdem liebte sie diese übergroßen T-Shirts. »Gut. Dann ist ja alles geklärt.« Warum nur hatte ihre Stimme so schnippisch geklungen?

Philja beobachtete Jennifer, die sofort die rechte Seite des Doppelbettes belegte, indem sie ihre gehäkelte Handtasche auf das Nachtkästchen fallen ließ. Er wollte nicht mit ihr in einem Bett schlafen, und auf der anderen Seite wollte er nur das. Ihm war das bewusst geworden, weil er einfach nicht schockiert darüber sein konnte, dass es nur noch ein freies Dreibettzimmer gab. Nicht, dass er dies absichtlich so gebucht hätte. Der Dialekt der Wirtin war stark ausgeprägt gewesen, und durch die Kommunikation über das Telefon hatte Philja nur die Hälfte verstanden. Natürlich hatte sie etwas von drei Betten erwähnt, aber ihm war nicht klar gewesen, dass es um drei Betten in einem Zimmer gegangen war. Dennoch, jetzt war es so. Jonas würde mit dem kurzen Bett keine Probleme haben.

Der Rest des Tages verlief ohne weitere Komplikationen. Das Gepäck wurde in dem Zimmer verstaut, und da zu der Pension eine Gaststätte gehörte, wurde dort gemeinsam zu Abend gegessen. Philja verzog sich im Anschluss noch auf einen Spaziergang. Er sagte, er habe noch einige Telefonate zu erledigen, was er nebenbei machen wollte. Jennifer zog sich mit Jonas auf das Zimmer zurück, und Jonas schaltete den Fernseher ein.

Jennifer entschied sich, zu duschen, solange Philja nicht da war. Dann könnte sie sich auch gleich in ihren

Pyjama schmeißen und unter der dicken Bettdecke verkriechen. Jonas hatte es sich momentan auf ihrer Seite des Bettes bequem gemacht. Er hatte so die beste Sicht auf das Fernsehgerät. Aber wenn sie ihren Platz einforderte, musste er eben etwas mehr in die Mitte rutschen. Während sie unter dem harten Wasserstrahl der Dusche stand, hörte sie Stimmen aus dem Zimmer. Wie es schien, war Philja zurück.

Nach dem Duschen stand Jennifer unschlüssig mit ihrer rot-blau karierten Nachtwäsche vor dem Badezimmerspiegel. Wenn Philja sie in diesem Aufzug sah, wurde er nur wieder in der Annahme bestärkt, dass sie eine Frau in Männerklamotten war. Was in diesem Fall stimmte. Es handelte sich tatsächlich um einen Schlafanzug für Männer. Aber was hatte sie für eine Alternative? Es sei denn … Genau. Sie hatte eine Idee.

Philja lachte gerade herzlich mit Jonas auf, weil in dem Film, den beide ansahen, etwas Lustiges passiert war. Da ging die Badezimmertür auf. Mit einem Schwall heißer Luft kam Jennifer aus dem Bad. Es war das erste Mal, dass Philja sie mit offenem Haar sah. Auch wenn es noch nass war, verschlug es ihm die Sprache. Nicht nur wegen des langen Haars, sondern auch wegen des Schlafanzugs. Wieder falsch gedacht. Der Schlafanzug war im Grunde genommen potthässlich. Aber Jennifer hatte ihr Oberteil kaum zugeknöpft. Philja reichte alleine die Vorstellung aus, dass sie darunter vollkommen nackt war.

Zögerlich ging Jennifer auf ihre Seite des Bettes, und Philja konnte nicht anders. Er begutachtete hemmungslos ihre wippende Oberweite. Natürlich blieb das nicht ohne Folgen für ihn. Hastig schlug er seine Beine verkrampft übereinander und lenkte sich mit einem Blick auf den Film ab.

Jennifer schlüpfte derweil unter ihre Bettdecke, und Jonas rutschte ein Stück zu Philja hinüber. Gemeinsam sahen sie sich den Rest des Films an. Philja ertappte sich selbst dabei, wie er jede Gelegenheit nützte, um zu Jennifer zu blicken. Sie lehnte mit ihrem Kissen im Rücken am Kopfteil des Bettes. Philja betrachtete interessiert die tiefe Öffnung ihres Pyjamas und beobachtete, wie sich Jennifers Brustkorb bei jedem Atemzug hob und senkte. Ihre Haut sah so makellos aus. Am liebsten hätte er seine Hand nach ihr ausgestreckt, um zu prüfen, ob sie sich so seidig anfühlte, wie sie aussah. Irritiert schloss Philja kurz die Augen, um seine körperliche Erregung zu vertreiben. Aber der Duft ihres Duschgels hing ihm in der Nase und schien jeden vernünftigen Gedanken zu vernebeln.

Als der Film zu Ende war, sprang er deshalb sofort vom Bett auf. Jonas machte sich auf den Weg ins Bad, und Philja hätte es momentan keine Sekunde alleine mit ihr im Bett ausgehalten. Jennifer schien sein Unbehagen nicht zu bemerken. Sie hatte nach der Fernbedienung gegriffen und war auf der Suche nach einem neuen Film.

Mit mechanisch wirkenden Bewegungen begann Philja damit, seine Tasche auszupacken. Jennifer beobachtete ihn die ganze Zeit über aus ihren Augenwinkeln. Täuschte sie sich, oder war der gute Mann tatsächlich nervös, seit sie aus dem Badezimmer gekommen war? Sie riskierte einen Blick in ihren Ausschnitt. Dann zog sie die Decke etwas höher. Vielleicht hatte sie es mit der Freizügigkeit übertrieben.

Jonas verließ das Badezimmer, und Philja stürmte sofort an ihm vorbei durch die offene Tür, als wäre er auf der Flucht. Weil die Badezimmertür mit einem Knallen geschlossen und hektisch verriegelt wurde, warfen sich Jonas und Jennifer einen kurzen Blick zu. Den Windstoß der Tür konnte sogar Jennifer noch spüren, und Jonas grinste breit. »Der muss aber dringend aufs Klo«, stellte er mit schiefem Grinsen fest, und Jennifer zuckte mit den Schultern. Kurze Zeit später hörte Jennifer das Wasser rauschen. Philja schien ebenfalls zu duschen. In der Zwischenzeit vertrieb sie sich die Zeit mit Jonas vor dem Fernseher.

Nach einer kurzen Dusche, die kälter als gewöhnlich ausgefallen war, stand Philja im Bad und fuhr sich mit den Händen übers Gesicht. Durch ein kurzes, heftiges Schütteln seines Kopfes versuchte er, endlich wieder klarer denken zu können, und schalt sich selbst. Sein Hormonhaushalt schien durch die weite Reise oder die Entfernung zur Heimat oder die Anwesenheit einer Furie mit Brüsten gehörig durcheinandergeraten zu sein. Nein, er würde einen klaren Kopf behalten, und er machte sich bewusst, dass auch noch ein Junge anwesend war. Er würde sich also nicht wie ein Raubtier auf die Frau im Raum stürzen, um seinen körperlichen Bedürfnissen nachzugeben. Noch einmal rieb er sein Gesicht und schloss dabei die Augen.

Dann öffnete er entschlossen die Badezimmertüre. Jennifers Blick sprach Bände. Dass er nicht hören konnte, wie ihre Kinnlade aufklappte, war alles. Jonas zog überrascht die Augenbrauen hoch und kicherte. »Ich hoffe, es stört euch nicht. Ich schlafe eigentlich immer nur in Shorts.«

Jennifers Antwort kam sofort und schnell. »Stört nicht, gar nicht.«

Während Jonas kicherte, versuchte Jennifer, ihre piepsige Stimme unter Kontrolle zu bringen. Das Ding hatte die Bezeichnung Shorts nicht verdient. Jennifer hatte Mühe, ihren Blick nicht auf die eng anliegende Hose und deren Inhalt zu lenken. Irritiert fischte sie nach der Fernbedienung und machte das Gerät aus. »Ich glaube, wir schlafen jetzt«, war alles, was sie noch sagen konnte. Sie drehte sich sofort auf die Außenseite des Betts. Jonas kletterte über sie, und sie gab ihm noch einen kurzen Gutenachtkuss. Mit angehaltenem Atem wartete Jennifer ab, bis Philja neben ihr ins Bett geklettert war. Dann betätigte sie sofort den Schalter ihrer Nachttischlampe und verdunkelte damit den Raum.

Während Jennifer in die Dunkelheit lauschte, konnte sie nicht regelmäßig atmen. Es war ihr nun doch unangenehm, neben Philja zu liegen. Das Gefühl, dass er so nah bei ihr war, verunsicherte sie. Die Tatsache, dass er kaum bekleidet war, half ihr auch nicht wirklich weiter. Irgendwann schlief sie endlich ein.

Kapitel 8

$\mathcal{P}$hilja wurde am frühen Morgen wach. Er entschied sich, die Weckfunktion seines Handys auszustellen, da es vermutlich in den nächsten Minuten geklingelt hätte. Seine Bettdecke raschelte laut, als er sie bewegte. Da hörte er, was ihn vermutlich geweckt hatte. Jennifer machte Töne im Schlaf. Mit einem prüfenden Blick vergewisserte er sich, dass sie tatsächlich schlief. Wieder raschelte seine Decke dabei laut. Sie schlief eindeutig. Aber da war wieder dieser Laut aus ihrer Kehle, beinahe ein leises Stöhnen. Ein Lächeln schlich sich auf Philjas Lippen. Er beobachtete Jennifers Gesicht, und als sich ihre Lippen öffneten, blieb sein Blick an ihrem Mund hängen. Der Schwung ihrer Oberlippe war ihm noch gar nicht aufgefallen. Sein Lächeln wurde verträumter. Als Jennifer erneut leise stöhnte, regten sich schon wieder seine Sehnsüchte. Ihre Lider flatterten.

Das Rascheln einer Bettdecke lenkte ihn ab. Ein zerzauster Jonas setzte sich auf. »Was macht Mama für komische Geräusche?«

»Mmh. Vielleicht träumt sie schlecht?« Philja erschrak über den sanften Klang seiner Stimme. Hastig verließ er das Bett. In diesem Moment schlug Jennifer die Augen auf.

Jonas grinste. »Guten Morgen. Du hast im Schlaf Geräusche gemacht.« Während Jonas lachte, sah Jennifer erschrocken zu Philja. Leider saugte sich ihr Blick an seinem nackten Oberkörper fest. »Ich … hab ich geschnarcht?«

Jonas kicherte immer noch. »Nee, du hast so gemacht …« Jonas ahmte den leisen Ton nach, und Jennifer setzte sich im Bett auf. Warum nur konnte sie nicht einfach geschnarcht haben?

»Schlechte Träume gehabt?« Philjas provozierender Blick, dem auch eine Spur Spott anhaftete, ärgerte sie. Er konnte nicht wissen, dass sie von ihm geträumt hatte. Woher auch?

»Albtraum. Ganz schrecklich.«

»So so.« Mit dieser Bemerkung und einem kurzen Blick in Jennifers Ausschnitt verschwand Philja im Bad. Jennifer ließ sich frustriert zurück auf die Matratze sinken und starrte an die Decke.

Erst als Philja das Zimmer verließ, um nach dem Frühstück zu sehen, stand sie auf. Ein Blick aus dem Fenster sagte ihr, dass heute ein heißer Tag werden würde. Am Himmel war kein einziges Wölkchen zu sehen. Sie zog den dunkelblauen Jumpsuit an, den sie eingepackt hatte. Da es sich dabei um ein trägerloses Modell handelte, griff sie zusätzlich zu einem ihrer großen T-Shirts. So käme sie in den Genuss des weit geschnittenen Beinteils des Suits, ohne das eng anliegende Oberteil zur Show stellen zu müssen. Wie gewöhnlich frisierte sie sich einen Pferdeschwanz.

Sah sie Philja tatsächlich leicht mit dem Kopf schütteln, als sie in diesem Aufzug den Frühstücksraum betrat? Egal.

Die drei waren so zeitig dran, dass der Freizeitpark gerade seine Tore für die Besucher öffnete, als sie wenig später dort ankamen. Jonas war aufgeregt und zappelte unruhig in der Warteschlange herum.

Jennifer wurde beim Anblick der riesigen Achterbahnen, die bereits von außerhalb des Parks zu sehen waren, mulmig zumute. »Die musst du alle mit mir fahren, Mama!«

»Öhm, jetzt wart doch erst einmal ab. Ich muss mir das aus der Nähe ansehen.« Jennifers offensichtlicher Mangel an Begeisterung war nicht zu überhören gewesen.

Philja grinste frech, versuchte es aber zu verbergen, indem er sich schnell wegdrehte.

»Was!«, fauchte Jennifer.

»Nichts.« Dann wendete sich Philja an Jonas. »Die Mama macht das schon. Lass ihr etwas Zeit, sich darauf einzustellen.« Jennifer wusste nicht, was sie dazu sagen sollte. Einerseits fand sie es unglaublich nett, wie Philja das gesagt hatte. Andererseits: Was gab ihm das Recht dazu, ihrem Sohn mehr oder weniger zu bestätigen, dass sie diese Achterbahnen mitfahren würde? Nachdenklich beobachtete sie Philja und schwieg.

Kaum dass sie das Kassenhäuschen hinter sich gelassen hatten, zerrte Jonas bereits an Jennifers Hand. »Komm schon, Mama!« Zielstrebig zog er sie zur höchsten Achterbahn des Geländes. Insgeheim hoffte Jennifer, dass Jonas vielleicht noch nicht groß genug war, um mit dieser Bahn fahren zu dürfen. Störrisch hielt sie am Eingang zur Warteschleife an und studierte die große

Informationstafel zu dem Fahrgeschäft. Mindestgröße: 1,40 m. Mist!

»Mama!«, rief Jonas wieder, der längst schon weitergesprungen war. Die lange Warteschleife war völlig leer.

Philja drückte im Vorbeigehen kurz Jennifers Schulter. »Ich fahr mit ihm. Sollten wir es überleben, dann bist du dran.«

Jennifer beobachtete, wie die Bahn kurze Zeit später mit lautem Getöse über ihren Kopf sauste. Sie hörte Schreie. Das musste die Hölle sein. Eine einzige Qual. Die Fahrt war kurz, und ehe sie sichs versah, sprang Jonas schon wieder auf sie zu. Gequält sah er allerdings nicht aus, eher völlig von Sinnen. Sofort griff sich Jonas ihre Hand, seine Augen leuchteten entzückt, und zerrte daran. Sie zögerte. Philja schlenderte gemütlich auf sie zu. Seine Haare waren noch zerzauster als ohnehin schon. »Geh schon vor. Wir kommen gleich nach«, erklärte Philja knapp. Jonas hörte sofort auf ihn und sprang davon.

»*Wir* kommen gleich nach? Bist du dir da sicher?«

Philja kam ganz nahe an Jennifer heran. Es fehlte nicht viel, dann hätte er seine Stirn an ihre angelehnt. Sie wagte es nicht, den Abstand wieder zu vergrößern. Philja sah ihr tief in die Augen. »Spring über deinen Schatten, Jennifer. Es macht Spaß! Versprochen.« Jennifer rollte mit den Augen, aber Philja ließ nicht locker. »Glaub mir. Solange du nur Frauen kreischen hörst, ist alles in Ordnung.« Jennifer machte sich tatsächlich auf den Weg zur Achterbahn. »Brave Mama«, hörte sie Philja noch leise hinter sich.

Jennifer kreischte und krallte sich in die Halterung, die sie in den Sitz drückte. Der Fahrtwind blies ihr die Haare aus dem Gesicht. Die Gewalt der Geschwindigkeit presste ihren Kopf an die Lehne. Obwohl sie durchaus in Versuchung war, ihre Augen zu schließen, konnte sie es nicht. Sie war berauscht und glücklich. Es fühlte sich tatsächlich gut an. Unglaublich!

Nachdem sie diese Fahrt gut überstanden hatte, gab es für Jennifer kein Halten mehr. Sie betrat, ohne zu zögern, jede weitere Achterbahn. Ihre Stimmung wurde immer gelöster. Bei jeder Fahrt hörte sie sich selbst lachen. So viel hatte sie schon lange nicht mehr gelacht. Ein Gefühl der Lebendigkeit begann ihren ganzen Körper auszufüllen.

Philja konnte diese Veränderung an Jennifer spüren. Insgeheim beobachtete er sie und genoss es, ihre unbeschwerte Fröhlichkeit zu sehen. Dennoch blieb er zurückhaltend. Er konnte sich nicht völlig auf die entspannte Atmosphäre einlassen. Sein persönlicher Rucksack voller Probleme drückte auf seine Stimmung.

Am späten Vormittag standen die drei in der Warteschlange vor der Wildwasserbahn. Jennifer las das Hinweisschild und drängte zum Ausgang zurück. Doch die vielen Personen in der Warteschlange hinter ihr blockierten den Rückweg, und Jennifer hielt inne.

»Was ist denn, Mama?«, wollte Jonas wissen, weil Jennifer immer noch unschlüssig zum Ende der Warteschlange schielte.

»Da steht: Hier werden Sie nass.« Mit einer Kopfbewegung hatte Jennifer Jonas' Aufmerksamkeit auf das

Hinweisschild gelenkt, welches die frohe Botschaft verkündete.

Philja belächelte Jennifer nur. »Na und?«

»Na ja, ich habe keine Regenjacke dabei.«

Jetzt lachte Philja laut auf. »Bei dem Wetter trocknet das doch sofort wieder.«

Skeptisch entschied sich Jennifer zu bleiben. Missmutig beobachtete sie die anderen Leute, die die Fahrt bereits hinter sich gebracht hatten. Der Grad der Durchnässung fiel unterschiedlich aus. Immer wieder erschienen Personen, die patschnass waren. Plötzlich hörte Jennifer Philjas Stimme nah an ihrem Ohr. »Angst davor, feucht zu werden?« Mit großen Augen drehte sie sich zu Philja um. Er sah sie neugierig an. Sie konnte keinen sexuellen Hintergedanken aus seinem Blick lesen. Dennoch sparte sie sich die Antwort auf seine Frage. Er konnte es nicht wissen. Woher auch?

Die drei besetzten nach kurzer Wartezeit ihr Boot. Jonas saß ganz vorne, dann Jennifer, und hinten nahm Philja Platz. Als das Boot auf einem Förderband nach oben gezogen wurde, rutschte Jennifer ein Stück nach hinten. Die Schwerkraft hatte zugeschlagen. Bevor sie mit ihren Händen an den Bootsrändern nachgreifen konnte, spürte sie Philjas Körper hinter sich ganz nah an ihrem. Jonas flutschte ebenfalls ein Stück zurück, sodass sie sich nicht aus dieser Position befreien konnte. Die Tatsache, dass Philja keinen Spruch auf Lager hatte, verunsicherte sie noch mehr. Sie hätte gerne sein Gesicht gesehen, um seine Stimmung einzufangen. Sie konnte nur feststellen, dass sich seine Beine verkrampft an ihre drückten.

Als das Boot auf die Ebene zurückkehrte und zu Wasser gelassen wurde, rutschte Jennifer gemeinsam mit Jonas wieder ein Stück nach vorne. Sie bereute es sofort. Das Boot fuhr um eine kleine Kurve, und danach ging es steil bergab. Jennifer schrie entsetzt auf und lehnte sich instinktiv nach hinten. Sie hörte Jonas ebenfalls aufschreien. Nur dass sein Schrei wesentlich vergnügter klang als ihrer. Sogar Philja ließ einen kurzen Jubel vernehmen. Eine Wasserfontäne spritzte, und Jennifer kniff die Augen zusammen, während sie sich bückte.

Erstaunlicherweise hörte sich das Prasseln des Wassers schlimmer an, als es sich auswirkte. Das Innere des Bootes hatte kaum etwas abbekommen. Jennifer entspannte sich. Sogar als das Boot erneut auf einem Laufband nach oben gezogen wurde, diesmal sogar noch höher. Sie achtete lediglich darauf, nicht wieder in Philjas Schoß zu rutschen.

Die zweite Abfahrt hinterließ dann doch ihre Spuren. Das Boot gewann an Fahrt und tauchte schließlich in das Wasserbecken ein. Diesmal duckte sich Jonas sich, und der gesamte Wasserschwall traf Jennifer. Ihr Körper wurde von einem Schaudern überzogen, und sie schrie auf. Fassungslos registrierte sie, dass ihr T-Shirt und ihre Haare klatschnass waren. Lange konnte sie nicht darauf reagieren, streckte nur entsetzt ihr Hände vom Körper und betrachtete sich. Erst als sie bereits aus dem Boot ausgestiegen war, fing sie an zu schimpfen. »Scheiße!«

»Mama!«

»Ist doch wahr!«

Philjas Augen wanderten ihren Oberkörper entlang. Sie konnte seinen Blick genau auf sich spüren. Als sie an sich hinuntersah, wurde ihr sofort klar, was er wahrgenommen hatte. Das nasse T-Shirt klebte an ihrem Körper und erfüllte den Zweck der Figurumschmeichelung eher weniger.

»Das trocknet sofort wieder.« Philjas Stimme klang belegt. Er räusperte sich und konnte den Blick nicht von ihr abwenden. Zu seiner Überraschung streifte sie sich den Haargummi vom Kopf. Er konzentrierte sich auf ihr langes Haar. Dabei wurden allerdings Erinnerungen an den gestrigen Abend geweckt, als Jennifer mit nassem Haar aus dem Badezimmer gekommen war. Natürlich zeigte ihm seine Erinnerung den geöffneten Pyjama und die nackten Wölbungen darunter. Philja versuchte, den fröhlichen Jonas zu fixieren, der seine Mutter grinsend betrachtete. Wie es schien, hatte der Junge kaum Nässe abbekommen.

Jennifer spürte das nasse T-Shirt unangenehm auf ihrer Haut kleben. Es war dünn und würde schnell trocknen. Leider hatte sich das Oberteil ihres Jumpsuits ebenfalls mit Wasser vollgesogen. Es kostete sie einiges an Überwindung, aber sie entschied sich, das T-Shirt auszuziehen. Während sie es sich über den Kopf zog, sagte sie: »Wir könnten da vorne etwas essen gehen, dann kann ich mein Shirt zum Trocknen über den Stuhl hängen.«

Philja traute seinen Augen nicht. Er sah ihre nackten Schultern, den Ansatz ihrer Brüste und ihre Brüste selbst, verpackt in ein Bandeau-Oberteil. Sie trug keinen BH. Warum zum Teufel trug sie keinen BH?

Jonas rettete für ihn die Situation. »Au ja! Ich habe Hunger.« Philja wendete sich sofort ab, um auf das Restaurant, das Jennifer erspäht hatte, zuzugehen. Jennifer wrang auf dem Weg zum Lokal ihr T-Shirt aus und hängte es in die Sonne.

Philja schimpfte mit sich selbst. Stell dich nicht so an, dachte er. Das sind nicht die ersten Brüste, die du siehst. Sie war ja noch nicht einmal nackt. »Ich komme gleich nach«, brummte er schließlich leise. Philja nützte die Gelegenheit, sich kurz von Jennifer fernzuhalten, indem er die Fotoaufnahmen der gemeinsamen Fahrt in dem Boot betrachtete. Kurzerhand erstand er ein Erinnerungsfoto. Bei Gelegenheit würde er Jennifer und Jonas damit überraschen.

Jennifer fühlte sich nicht wohl, so ganz ohne ihr gewohntes Shirt. Aber als sie sich auf dem Weg zur Selbstbedienung in einer Scheibe spiegelte, fand sie ihr Spiegelbild nicht unangenehm. Im Gegenteil: Sie gefiel sich sogar sehr gut. Philjas Blick war eindeutig gewesen und hatte sein verzweifeltes Kopfschütteln vom Morgen wiedergutgemacht.

Deshalb beschloss sie nach dem Essen, das Shirt nicht wieder anzuziehen, obwohl es beinahe trocken war.

Den Rest des Tages verbrachten die drei entspannt und fröhlich. Jennifer weigerte sich lediglich, bei der riesigen Schiffschaukel einzusteigen. Jonas und Philja bedrängten sie auch nicht weiter deswegen, weil sie ja ansonsten fleißig bei allen Fahrgeschäften mitgefahren war.

Während Jennifer an der Seite der Schaukel stand und wartete, wurde sie sich des Dauerlächelns bewusst, das sich in ihr Gesicht geschlichen hatte. Sie fühlte sich schwerelos an diesem Tag. Es fühlte sich vertraut an, nach Familie. Und als sie Philja und Jonas in der Schaukel lachen hörte, keimte ein plötzlicher Gedanke in ihr. Was ist, wenn er nur gekommen war, um Jonas zu sehen? Wenn er Spider-Man war? Ihr Körper wurde von einer Gänsehaut überzogen. Wie oft hatte sie sich heimlich solchen Gedanken hingegeben? Dass er eines Tages einfach auftauchen würde. Und es wäre wieder so wie in dieser Nacht auf dem Faschingsball, es wäre die große … Liebe.

Ihre Mundwinkel sanken langsam in eine entspannte Position zurück, und sie starrte Philja an. Die Schaukel bremste nach und nach ab, und Philja schien ihren Blick auf sich zu spüren. Sein Lächeln erstarb ebenfalls. Neugierig musterte er Jennifer, die nun kurz die Augen schloss. Kopfschüttelnd mahnte sie sich selbst, jetzt nicht irgendwelchen verrückten Gedanken zu erliegen. Ihr Spider-Man hatte keinen russischen Akzent gehabt.

Ein weiteres Argument drängte sich ihr auf. Immer und immer wieder kam sie an diesem Punkt an. Er schien, vor allen anderen, der Hauptgrund zu sein, warum Philja für sie niemals infrage kam. Er war verlobt. Er liebte offensichtlich eine andere Frau. Selbst wenn er sie manchmal an bestimmten Körperstellen genauer betrachtete, wäre er emotional an eine andere gebunden.

Falls er also tatsächlich Jonas' Vater war, so unmöglich dies auch zu sein schien, dann war er lediglich wegen Jonas hier und niemals ihretwegen.

Das Getrappel mehrerer Schuhe auf dem Asphalt ließ Jennifers Aufmerksamkeit in die Wirklichkeit zurückschnellen. Jonas stürmte ihr nun bereits entgegen, sauste an ihr vorbei und riss sie aus ihren Gedanken. Jennifer war auf einmal zum Heulen zumute. Eine Gänsehaut überlief sie, und trotz der heißen Temperaturen rieb sie sich die Oberarme. Sie schloss sich Jonas an, bevor Philja zu ihr aufgeschlossen hatte. Als sie kurz darauf seine warme Hand auf ihrem Rücken spürte, zuckte sie zusammen.

Seine Stimme klang besorgt. »Du bist ganz blass. Ist dir schon beim Zuschauen schlecht geworden?«

Jennifer schluckte: »Ja, so ungefähr.«

Philjas Hand wanderte zu ihrer Schulter. Er zog sie freundschaftlich an sich und drückte sie kurz tröstend, bevor er sie losließ und auf Abstand ging. »Du hast dich tapfer geschlagen.«

Jennifer konnte nicht anders. Sie versuchte, sich Philja in einem Spider-Man-Kostüm vorzustellen. Hätte er es sein können? Vor zwölf Jahren? Er war auf jeden Fall trainierter als Spider-Man, aber das war weder ein Indiz für noch gegen ihre Vermutung. Ihr Spider-Man hatte auf jeden Fall keine blauen Augen gehabt. So ein Blau wie bei Philja hatte sie noch nie gesehen. Vielleicht war es nicht echt?

»Alles in Ordnung?« Philjas sanfte Frage holte sie in die Realität zurück. Sie hatte anscheinend gerade seine

Oberarme angestarrt. Jedenfalls war es das, was sie sah, als ihr ihr Blick bewusst wurde. »Ja. Ich bin bloß erschöpft, das ist alles.«

Jonas bestand darauf, noch so lange in dem Park zu bleiben, bis er geschlossen wurde. Jennifer fügte sich seinem Wunsch. Philja machte allerdings mit Jonas klar, dass dieser nun noch eine Weile alleine unterwegs sein solle. Einerseits war das Jennifer mehr als nur recht. Sie war wirklich müde, obwohl es vorhin nur eine willkommene Ausrede gewesen war. Andererseits sollte sie nun mit Philja alleine sein, da dieser sich nicht davon abbringen ließ, ihr Gesellschaft zu leisten.

Er bugsierte Jennifer zu einem Kiosk. »Willst du etwas trinken?«

Jennifer wehrte sich gegen eine erneute Einladung. »Was willst du trinken? Ich möchte dich einladen.«

Philja verstand ihren Wunsch und gab klein bei. »Ich nehme das, was du nimmst.«

Die beiden tranken gemütlich Cappuccino. Jonas kehrte kurz vor dem Ende der Öffnungszeit zu ihnen zurück. Der Tag war ein voller Erfolg gewesen.

Kapitel 9

Der abendliche Ablauf in dem Zimmer der Pension hatte bereits eine Routine bekommen. Jonas war so müde, dass er sich freiwillig in sein Bett begab. Noch während der Spielfilm lief, schlief er ein.

Jennifer versuchte, sich auf den Film zu konzentrieren. Aus den Augenwinkeln beobachtete sie Philja, der es sich auf seiner Seite des Bettes gemütlich gemacht hatte. Er schien großes Interesse am Geschehen auf dem Bildschirm zu haben. Jedenfalls bewegte er sich kaum.

Als der Film zu Ende war, legte sich Jennifer sofort flach auf ihre Matratze und drehte sich von Philja weg. Nach einiger Zeit hörte sie Philjas leise Stimme: »Jennifer?«

»Hmh?« Sie traute sich nicht, sich zu rühren.

»Gute Nacht!«

»Gute Nacht!« Von wegen! Jennifer konnte einfach nicht einschlafen, und sie bemerkte, dass es Philja ebenso ging. Ständig raschelte er mit seiner Decke und schien seine Liegeposition dauernd zu verändern. Obwohl das Bett zwei getrennte Matratzen hatte, übertrug sich jede Bewegung ihres Nebenmannes auf ihre Matratze. Viel schlimmer konnte es in einem Wasserbett auch nicht mehr sein. Irgendwann hielt es Jennifer nicht mehr in ihrer Lage aus. Sie drehte sich zuerst auf den Rücken und später auf die Innenseite des Bettes.

Philja betrachtete im Halbdunkel aufmerksam Jennifers entspanntes Gesicht. Sie war betörend schön. Die kleine Falte zwischen ihren Augenbrauen war verschwunden, ihr Mund nicht verkrampft verzogen. Sie schlug ihre Augen auf und ertappte ihn. Aber es kam kein wütender Aufschrei, wie erwartet. Sie starrte einfach zurück. Eine ganze Zeit lang. Irgendwann bahnte sich ein schiefes Lächeln seinen Weg auf Philjas Gesicht. Jennifer lächelte leicht zurück, schloss dann aber ihre Augen schnell wieder.

Der nächste Morgen war von einem heimischen Gefühl begleitet. Die Dreiergruppe aß sich gemütlich vom Frühstücksbuffet satt. Jennifer glaubte, an Philja eine Veränderung wahrgenommen zu haben. Nicht, dass er ihr jemals verkrampft vorgekommen war. Dennoch schien eine Form der Entspannung bei ihm eingetreten zu sein. Er scherzte ausgelassen mit Jonas, und sein Lachen klang in ihren Ohren wesentlich befreiter als zu Beginn ihrer Bekanntschaft. Sie liebte es, bei ihrem vergnügten Spiel die Lachfältchen um seine Augen zu beobachten. Und sie war glücklich, dass Jonas in Philjas Gegenwart regelrecht aufblühte. Denn ihm hatte der Tod seines Opas mehr zugesetzt, als er jemals zugeben würde.

Diesen Gedanken hing Jennifer immer wieder nach, auch noch während der langen Heimfahrt. Je näher sie ihrem Zuhause kamen, umso mehr schlich sich allerdings das Gefühl ein, dass diese Gedanken nicht richtig waren. Sie waren keine kleine glückliche Familie, die von einem Wochenendausflug zurückkehrte. Philja war nicht ihr Freund, geschweige denn überhaupt ein Freund. Oder doch? Nein. Er würde in ein paar Wochen nach Russland zurückgehen, und für Jonas und sie würde der Alltag wieder einkehren. Ein Alltag, der aus Arbeit, Schule, Training und Dorfklatsch bestand.

Philja bemerkte die eigenartige Stimmung von Jennifer. Ihr Blick war erst nachdenklich und dann immer verschlossener geworden. Wann immer er ihr einen kurzen Blick unter der Fahrt zugeworfen hatte, schien ihre Stimmung düsterer geworden zu sein. Er ahnte, worum ihre Gedanken kreisten. Der Ausflug war für ihn wie eine Reise in eine andere Welt gewesen. Die Stimmung in dem Freizeitpark hatte dazu beigetragen. Es schien keine Sorgen und Probleme gegeben zu haben, wenigstens für diesen einen Tag. Aber jeder Traum war einmal zu Ende.

»Ist morgen Schule?«, fragte Jonas. Ihm schien ebenfalls klar geworden zu sein, dass der Ausflug bald vorbei war. Sie fuhren bereits durch Landsheim.

»Ja, Schatz.« Jennifers Stimme hatte kraftlos geklungen.

»Och, menno«, beschwerte sich Jonas.

Philja sah in den Rückspiegel. Jonas starrte aus dem Fenster. »Weißt du noch, wie deine Mama in der Geisterbahn gekreischt hat?« Sofort hellten sich Jonas' Gesichtszüge auf.

»Das ist nicht wahr!«, beschwerte sich Jennifer sofort aufbrausend.

Philja war insgeheim froh, dass sie doch nicht so kraftlos war, wie er eben noch befürchtet hatte. »Oh doch, du hast gekreischt!« Philja äffte sie sogar noch nach.

»So kreische ich? Ernsthaft?« Philja lachte und Jonas ebenfalls. Jennifer lächelte und schüttelte den Kopf, während sie leise murmelte: »Ich habe nicht gekreischt. Ich kreische nie.« Ihr war durchaus klar gewesen, dass sie mit dieser Behauptung noch mehr Gelächter erzeugen würde. Sie lachte herzlich mit.

Zu Hause angekommen, verkrümelte sich Jonas sofort auf den Spielplatz des Dorfes. Im Vorbeifahren hatte er dort einige Kinder gesichtet, mit denen er den Rest des Tages verbringen wollte. Jennifer und Philja packten zuerst das Auto aus. Wenig später beschäftigte sich Jennifer im Garten. Die heißen Tage hatten ihren Pflanzen zugesetzt, und Jennifer musste mehrmals mit der schweren Gießkanne laufen, um alle durstigen Notfälle zu versorgen.

Am späten Nachmittag, als Jennifer gerade die leere Gießkanne zur Regentonne zurückbrachte, kam Jonas völlig aufgelöst zu ihr gestürmt. »Jonas!«

Sofort schmiss er sich in Jennifers Arme. Er weinte so lautstark, dass Philja ihn bis ins Haus gehört hatte. Er kam neugierig in den Garten.

Als Jennifer sich zu Jonas hinunterbeugte, sah sie, dass der Junge aus dem Mund blutete. Instinktiv untersuchte sie sofort sein Gebiss, ob alle Zähne noch an ihrem Platz saßen. »Hats dich mit dem Fahrrad geschmissen?« Jonas schüttelte mit dem Kopf. »Also, was ist passiert?« Keine Antwort.

»Sieht aus, als hätte er sich eine eingefangen«, hörte Jennifer Philjas leise Vermutung.

»Nein. Der Jonas doch nicht!« Aber schon ein Blick in das Gesicht ihres Sohnes genügte, um ihr das Gegenteil zu beweisen. »Du hast geschlägert?«

Nach kurzer Pause, gab Jonas ein kleinlautes »Ja« von sich.

»Mit wem?«, wollte Jennifer nun wissen.

»Mit dem Michi …«

»Aber … der Michi ist doch ganz nett … warum sollte der dir eine reinhauen?«

Jonas weinte immer noch und schrie: »Er hat dich beleidigt, Mama! Und Philja!« Jennifer umarmte ihren Sohn noch einmal. Philja hielt sich dezent im Hintergrund.

»Was hat er denn gesagt?« Jonas schluchzte erbärmlich. Sein ganzer Körper vibrierte unter den Attacken. Jennifer nahm das Gesicht ihres Sohnes zwischen ihre Hände und versuchte, ruhig zu bleiben. »Was. Hat. Er. Gesagt?«

Jonas schielte kurz zu Philja hinüber. »Er hat gesagt, dass du Philja Geld gibst, damit er Sex mit dir hat.«

»Was?«

Zuallererst war sie natürlich über diese Vermutung aus Michis Mund schockiert. Dann war sie über das Wort Sex aus dem Mund ihres Sohnes schockiert. Und noch mehr überraschte sie die Tatsache, dass er offensichtlich wusste, worum es sich dabei handelte.

Jennifer kreischte auf, und Philja ballte die Fäuste. »Wo wohnt der Junge?«

Jennifer erschrak über Philjas Reaktion. »Moment mal. Löst ihr in Russland so eure Konflikte? Wenn das Kind den Jungen schon nicht vermöbeln durfte, dann geht der Vater … ich meine …« Sie stockte. Was hatte sie da gesagt?

Während Jennifer ihren fatalen Versprecher zu begreifen versuchte, wendete sich Philja an Jonas. »Wo wohnt Michi?« Jonas sah kurz zu seiner Mutter.

»Wehe …«, drohte diese.

»Er wohnt gleich neben dem Markt in dem blauen Haus.«

»Jonas!« Jennifer konnte sich nicht mehr mit ihrem Sohn auseinandersetzen. Philja stürmte bereits in Richtung der Straße davon.

Philja marschierte wutentbrannt los. Jennifer gingen schlimme Befürchtungen durch den Kopf. Sie hatte schon von der Gewalttätigkeit der Russen gehört. Schlägereien, Messerstechereien, Bandenkriege. Was würde Philja dem Jungen und seiner Familie antun? Sollte sie vielleicht vorsichtshalber gleich die Polizei rufen? Leider hatte sie keine Zeit, ihre Ideen in die Tat umzusetzen, denn Philja legte ein unglaubliches Tempo vor, und sie hatte Mühe, mit ihm mitzuhalten.

Die Gartentüre von Michis Haus flog nur so auf, weil Philja ihr einen kraftvollen Schwung mitgab. Als Jennifer an der Haustüre zu ihm aufschloss, hatte er bereits mehrmals geklingelt. Als Michi die Tür öffnete, schloss sie kurz die Augen, weil sie damit rechnete, dass Philja sich auf den Jungen stürzen würde.

Aber nicht Michi wurde gepackt, sondern sie. Sie

spürte Philjas Arme um sich, merkte, wie sie herumgewirbelt wurde und plötzlich in seinen Armen lag. Ihre Augen öffneten sich automatisch. Sie blickte in Philjas entschlossenes Gesicht, und das Nächste, was sie wahrnahm, waren seine Lippen auf ihren. Seine Bartstoppeln kratzten in ihrem Gesicht. Er presste seinen Mund grob auf ihren, und sie leistete ebenso grob Widerstand. Der Kuss dauerte nur einen kurzen Augenblick. Philja löste seine Lippen von ihren, und sein Kopf drehte sich in Richtung Michi. Jennifer konnte nur von unten in Philjas Gesicht starren und abwarten. Philja machte keine Anstalten, sie loszulassen. Glücklicherweise. Würde er sie jetzt loslassen, dann wäre ein Sturz unausweichlich.

»Siehst du Jennifer nach einem Geldschein greifen?« Jennifer beobachtete wie betäubt Philjas bewegten Adamsapfel. Michi wusste nicht, wie ihm geschah.

Philja wiederholte seine Frage, und der Junge zuckte zusammen. »Öhm … nein?« Michi fragte mehr, weil er sich nicht sicher war, ob das die gewünschte Antwort war. Jennifer traute sich kaum zu atmen. Sie erwartete, dass Philja sie nun behutsam aufrichten würde. Plötzlich tauchte sein Gesicht wieder über ihrem auf. Der Ansatz eines Lächelns huschte über sein Antlitz. »Auf ein Neues.«

Es war unglaublich. Er war unglaublich!

Philja küsste Jennifer erneut. Der Kuss war sanfter und dauerte länger als der erste. Wieder beendete Philja den Kuss plötzlich. »Und? Siehst du Jennifer jetzt, wie sie mir Geld gibt?«

»Nein.« Michi klang ernsthaft besorgt.

Hinter Michi tauchten nun seine Eltern auf. »Was ist denn hier los?«

Philjas Blick wanderte wieder zu Jennifer. Sie sah ihn mit großen Augen an, und er wusste, dass sie insgeheim auf einen weiteren Kuss hoffte. Langsam senkte er sich zu ihr hinunter. Er blickte ihr tief in die Augen und ließ ihr jede Chance, dem ganzen Spektakel mit Protest ein Ende zu setzen. Er sah nur, dass sich ihre Augenlider immer weiter schlossen, je näher er ihr kam. Ihre Willenlosigkeit entlockte ihm ein Lächeln. Kurz bevor er seine Lippen erneut auf ihre legte, hielt er inne. Ihre Lippen verformten sich leicht, erwarteten ihn bereits. Mit einer Bewegung senkte er seinen Mund auf ihren und küsste sie leidenschaftlich.

Weder Jennifer noch Philja hätten sagen können, wie lange sie dort standen und sich küssten. Das Räuspern von Michis Vater holte die beiden in die Realität zurück. Philja stellte Jennifer mit einem geübten Handgriff auf die Beine zurück und ging auf Abstand.

Es reichte ein fragender Blick von Philja auf Michi. »Nein«, antwortete der Junge freiwillig.

Philja war damit nicht zufrieden. »Nein, was?«

»Ich sehe nicht, dass Jennifer nach Geld greift.«

Philja zeigte mit wippendem Arm auf Michi. »Sehr gut. Lektion gelernt.« Die Eltern ließ er erst gar nicht zu Wort kommen, sondern näherte sich Michi, indem er sich zu ihm hinunterbeugte. »Wenn du noch einmal so einen Quatsch in der Gegend herumerzählst, dann komme ich in deine Schule, in deine Klasse und küsse dich vor versammelter Mannschaft … auf die Wange

… ich habe auch meine Grenzen. Hast du das verstanden?«

»Ja.«

»Aber …«, wollte sich nun doch Michis Mutter einmischen.

»Schönen Abend noch!« Philja wendete sich ab und ging.

Jennifer blieb wie angewurzelt vor der Familie stehen. Sie war nicht fähig, sich zu bewegen. Das Kribbeln auf ihren Lippen schien ihren ganzen Körper betäubt zu haben. Die Familie konnte sich auch nicht dazu durchringen, die Tür einfach vor ihrer Nase zu schließen. Das führte dazu, dass alle vier sich einen Moment schweigend anstarrten.

Philja bemerkte dies erst, als er bereits am Gartentor angekommen war. Rasch kehrte er zur Haustür zurück, griff wortlos nach Jennifers Hand und zog sie mit sich vom Grundstück. Jennifer taumelte die ersten Schritte rückwärts, ehe sie es schaffte, sich umzudrehen.

Nach ein paar Metern riss sich Jennifer von Philjas Hand los. »So geht ihr in Russland also mit Konflikten um?«

»Bin ich der einzige Russe, den du kennst?«

»Ja.«

»Das erklärt so einiges.« Philja griff nach Jennifers Schulter und zwang sie, stehen zu bleiben. Er wartete bis er ihre volle Aufmerksamkeit hatte. »Ich bin zwar Russe, ja, aber ich bin ein Mensch. Ein Mensch mit einer eigenen Persönlichkeit und einem eigenen Charakter. Ich tue Dinge, die Russen im Allgemeinen gerne tun. Ich tue aber auch viele Dinge, die wahrscheinlich eher untypisch für Russen sind. So ist das nicht nur bei mir, sondern bei allen.«

»Ist das ein Vortrag über Vorurteile?«

Philja steckte ihren Angriff mit einem lauten Schnaufen weg. »Wie gehst du mit Konflikten um?« Jennifer war von seiner Frage mehr als überrascht. Sie wusste darauf keine Antwort, aber Philja ließ nicht locker. »Du bist hart und biestig, die ganze Zeit. Aber wenn es darauf ankommt, dann wehrst du dich nicht. All die Jahre hast du die Leute reden lassen. Wehr dich endlich!«

Spontan holte Jennifer aus und klatschte ihre flache Hand auf Philjas Backe. Es war kein fester Schlag, eher ein Klaps.

Er ließ sofort ihre Schulter los. »Autsch! Für was war das denn?«

»Du hast doch gesagt, ich soll mich wehren. Du hast mich geküsst … Drei. Mal.«

Philja hielt sich immer noch die Backe, lächelte aber, als er hinter Jennifer herging, die bereits den Heimweg angetreten hatte. »Es ging mir dabei um die Verbesserung von Michis Merkfähigkeit.«

»War ja klar, dass du eine Ausrede hast.«

»Das ist keine Ausrede. Es ist nun einmal erwiesen, dass Lerninhalte besonders bei einer dreimaligen Wiederholung besser im Gedächtnis bleiben. Dabei habe ich darauf geachtet, dass er beobachtet und selbst spricht. Ich denke, er hat es kapiert.«

»Sagt dir das dein Blick in die Zukunft?«

Philja grinste, weil sich Jennifers Stimme besänftigt anhörte. »Ich denke nicht, dass er es riskiert, mich in seiner Klasse auftauchen zu sehen.«

An diesem Abend lag Jennifer wieder einmal wach in ihrem Bett und dachte an Philja. Seit Langem hatte ihr kein Mann mehr den Schlaf geraubt, Verwandtschaft ausgenommen. Und noch nie war sie von einem Mann so geküsst worden. Im Grunde genommen war sie ja nicht einmal von Spider-Man geküsst worden. Der hatte ja seine Maske nicht ausgezogen.

Warum nur hatte Philja das getan? Ihr war durchaus bewusst, dass es ihm nicht nur um den Effekt für Michi gegangen sein konnte. Oder? Beim gemeinsamen Abendessen hatte sie sich kaum getraut, Philja anzusehen. Immer wieder war ihr Blick auf seinen Mund gewandert. Außerdem hatte sie natürlich gesehen, dass er dies bemerkt und jedes Mal mit einem schiefen Lächeln gekontert hatte.

Glücklicherweise hatte er sie nicht mehr darauf angesprochen. Er hatte sich auf Jonas konzentriert und ihm von Michi berichtet. Jennifer konnte sich gar nicht mehr daran erinnern, wie er Jonas die Geschichte erzählt hatte. Sie wusste nur noch, dass von den Küssen keine Rede gewesen war.

Mit glücklichem Lächeln dachte Jennifer an den Blickkontakt zwischen Jonas und Philja. Es tat ihr gut, zu sehen, wie Jonas seit seiner Anwesenheit aufgeblüht war. Er war zwar noch nicht so unbeschwert wie vor dem Tod seines Großvaters, aber beinahe so. Und wenn sie ganz ehrlich mit sich selbst war, dann war sie ebenfalls unbeschwerter geworden. Sie konnte gar nicht mehr sagen, wann sie sich jemals so leicht gefühlt hatte seit dieser Sache mit Spider-Man. Sie hatte Philja wirklich richtig gern. Mit diesem Gedanken schlief sie schließlich ein.

Kapitel 10

*H*alt! Irgendetwas ist anders.« Petra ließ Jennifer gar nicht näher kommen. Jennifer ersparte sich die Antwort. Sie war sich sicher, dass ihre aufmerksame Kollegin von selbst darauf kommen würde. »Du trägst dein Haar offen?«

»Ja.«

»Ist es tatsächlich so schlimm mit dir und diesem Philja?«

»Petra!«

»Sag schon.«

Jennifer lächelte, obwohl sie das eigentlich nicht wollte. Ihrer Kollegin war das Antwort genug. Den ganzen Vormittag über schickte Petra immer wieder verstohlene Blicke zu Jennifer hinüber. Jennifer versuchte, sich mit ihrer Arbeit abzulenken. Es fiel ihr schwer. Immer wieder wurde ihr bewusst, dass sie es Philja irgendwie sagen musste.

Aber wie sagte man einem Mann, dass man ihn mochte? Wirklich mochte. Sie war in diesen Sachen mehr als lediglich unerfahren. Sie war eine absolute Anfängerin. Mehr oder weniger. Jungfräulich war sie schließlich nicht mehr. Allerdings war das körperliche Indiz auch schon das einzige Anzeichen ihrer Nicht-Jungfräulichkeit. Im Grunde genommen fühlte sie sich wie eine alte Jungfer.

Sie hätte jetzt ihren Vater gebraucht. Der hätte ihre Gedanken wieder geordnet. Instinktiv radelte sie nach der Arbeit zum Friedhof des Ortes und suchte das Grab ihres Vaters auf. Jonas wollte heute gleich nach der Schule bei einem Freund in Schönstadt bleiben, weshalb sie es nicht eilig hatte.

Jennifer betrachtete den schwarzen Grabstein ihrer Familie. In dem Grab lagen nicht nur ihr Papa, sondern auch ihre Großeltern sowie die Eltern der Großmutter. Der Pfarrer hatte schon einmal gefragt, wie viele Personen eigentlich noch in dieses Grab kommen würden? Damals hatte sie an sich gedacht. Jetzt war sie sich da nicht mehr so sicher. War es an der Zeit, ein neues Kapitel aufzuschlagen? Eine eigene Familie zu gründen?

Jennifer ging in die Hocke und zupfte ein wenig an dem Unkraut herum, das versuchte, das Grab zu vereinnahmen. Glücklicherweise lag es schattig unter einem Laubbaum. Ansonsten hätte sie es hier in der Mittagshitze kaum ausgehalten. Ein laues Lüftchen fuhr durch den Baum. Die Blätter raschelten, und Jennifer schloss die Augen, als der Wind ihr Gesicht streifte. Ihr Vater hätte keine Probleme damit gehabt, Philja seine Gefühle zu zeigen. Er hätte ihm kräftig auf die Schulter geklopft und gesagt: »Du bist scho a bäriger Kerl.« Oder so ähnlich.

Jennifer lächelte bei dem Gedanken, wie Philja wohl reagieren würde, wenn sie das bei ihm machen würde. Nein, das war eindeutig die falsche Methode für sie. Aber wie sollte sie vorgehen? Friedel, die Bedienung aus der Gaststätte, hatte nie Probleme, mit Männern

128

ins Gespräch zu kommen. Sie konnte bereits nach zehn Minuten ohne Schwierigkeiten äußern, wie sympathisch ihr ihr Gegenüber doch war. Und immer erntete sie ein erfreutes Grinsen ihres Ansprechpartners.

Jennifers Stirn legte sich in Falten. Sie war nicht Friedel. Sie war Jennifer Beck, die »Dorfjungfer«. Jennifer öffnete die Augen und starrte auf den gemeißelten Namen ihres Vaters. Je länger sie vor sich hinstarrte, umso mehr wurde ihr klar, dass sie sich niemals trauen würde, zu Philja etwas zu sagen. »Ich hab dich gern«, murmelte sie vor sich hin und fand, dass es sich schrecklich anhörte. Irgendwie provozierte es die Antwort »Du kannst mich auch mal«.

»Ich mag dich«, flüsterte sie und spürte, wie ihr Körper von einer Gänsehaut erfasst wurde. Sie mochte ihn wirklich. Plötzlich kam ihr die rettende Idee. Natürlich! Warum war sie da nicht sofort draufgekommen? Sie würde sich die Worte sparen und ihn einfach einladen. Zum Beispiel ins Kino oder so. Dann müsste ihm doch klar sein, dass sie ihn toll fand. Und sie hätte sofort eine Ahnung, ob er genauso für sie empfand. Sie würde es gleich an seiner Reaktion auf ihre Einladung sehen.

Entschlossen stand Jennifer auf. »Danke, Papa.« Dann verließ sie eilig den Friedhof, schnappte sich ihr Fahrrad und radelte voller Elan zu ihrem Haus.

»Philja!« Jennifer hatte so viel Schwung beim Betreten ihres Hauses, dass die Tür beinahe den gummierten Türstopper zerstörte. »Philja?«

»Ich bin hier.« Die nachdenkliche, leise Stimme von Philja überhörte Jennifer. Schwunghaft ging sie in seine Wohnung und fand ihn im Wohnzimmer vor. Er saß auf dem Sofa und hielt einen Zettel in der Hand. Jennifers Aufregung war auf einmal kaum noch auszuhalten. Sie hatte nicht bedacht, dass sie ihre Einladung ja auch aussprechen würde müssen. Das fiel ihr plötzlich genauso schwer, als wollte sie Philja ihre Gefühle gestehen. »Ich … wollte … äh … vielleicht … ich meine …« Jennifer schluckte. Sie war völlig außer Atem und versuchte, sich zu sammeln.

»Ich weiß, wer Jonas' Vater ist.«

»Wie bitte?« Natürlich hatte sie verstanden, was er gesagt hatte. Immer noch schnaufte sie hör- und sichtbar und versuchte zu verarbeiten, was gegenwärtig geschah. Ihre Absicht, ihn zu einer gemeinsamen Unternehmung einzuladen, verpuffte im Nichts. Ihre Pupillen konnten keinen Punkt fixieren, während ihr ruheloser Blick über den Wohnzimmerboden huschte. Alle anderen Körperteile schienen erschlafft. War es also doch so, wie sie gedacht hatte? Er war es. Nach all den Jahren war er gekommen, um seinen Sohn kennenzulernen.

Philja konnte die Hoffnung in ihrem Gesicht deutlich sehen. Sie musste unglaublich unter der Ungewissheit gelitten haben. Er sah sich deshalb in seinem Handeln bestätigt und begann zu erklären: »Ich bin hellhörig geworden, als Magdalena mir berichtet hat, dass Marius wegen der Entfernung eines Muttermals zum Hautarzt muss.« In Jennifers Gesicht spiegelte sich Unverständnis. Er bemerkte dies kaum, so bedächtig wählte er seine Worte. »Ich habe mich erinnert, dass du mir etwas von einem Muttermal bei Spider-Man berichtet hast.«

Jennifer kämpfte gegen die Betäubung an, die von ihr Besitz ergreifen wollte. »Was genau willst du mir eigentlich sagen? Dass Marius Jonas´ Vater ist?«

Als Philja still blieb, begann Jennifer zu lachen. Sie konnte sich kaum beruhigen. »Das ist wirklich ein guter Witz!«

»Magdalena hat mir berichtet, dass Marius' Muttermal im Schambereich lag.«

Sofort erstarb Jennifers Lachen. »Du spinnst!«

»Nein. Ich habe heute schwarz auf weiß die Bestätigung erhalten. Marius ist Jonas' biologischer Vater.« Philja wedelte mit einem Blatt Papier herum, das er bereits die ganze Zeit über in seinen Händen gehalten hatte.

Jennifer konnte diese Information gar nicht begreifen. Zu plötzlich hatte sie etwas erfahren, was ihr jahrelang ein Rätsel gewesen war. Sie wurde zornig. »Du hast etwas von Jonas eingeschickt? Bist du von allen guten Geistern verlassen?«

Philja stand von dem Sofa auf und ging auf Jennifer zu. »Ich …«

»Was bildest du dir ein? Tauchst hier auf, schleichst dich in mein Leben … und dann präsentierst du mir einen Vater für Jonas. Hast du gedacht, ich mache Luftsprünge?«

»Ich wollte euch helfen … dachte, es wäre gut für Jonas, wenn er wüsste, wer sein Vater ist.«

»Du hilfst mir überhaupt nicht! Bist du denn nie auf die Idee gekommen, diese Angelegenheit mit mir zu besprechen.« Jennifer war kurz davor, in Tränen auszubrechen.

Philja versuchte, sie zu beschwichtigen. »Ich wollte zuerst ganz sichergehen.«

Jennifers Stimme klang bereits brüchig, als sie Philja anbrüllte: »Warum kümmerst du dich nicht um deinen eigenen Scheiß! Fahr nach Hause, heirate deine Verlobte. Tu einfach, was du normalerweise tust, aber halte dich von mir und vor allen Dingen von Jonas fern! Schaff dir ein eigenes Kind an!«

»Ja, du hast recht.« Philja war tief von Jennifers Worten getroffen. Er hatte wirklich mit bestem Gewissen gehandelt. Er war sofort hellhörig geworden, als Magdalena etwas von diesem Muttermal im Schambereich berichtete, das Marius sich hatte entfernen lassen, da es wohl immer größer geworden war. Man wartete immer noch auf das Ergebnis der Untersuchung und hoffte natürlich, dass die Veränderung eine gutartige Natur aufwies. Philja hatte gemeint, für Jennifer wäre es eine Erlösung, endlich zu wissen, wer der Mann war, mit dem sie vor Jahren lediglich eine kostümierte Bekanntschaft gemacht hatte. Er hatte nicht vorgehabt, sich unerwünscht einzumischen.

Gleichzeitig war ihm aber auch deutlich geworden, dass er völlig fehl am Platz war. Er konnte niemals Jonas' Vater sein. Eigentlich war ihm das von Anfang an klar gewesen. Es gab keinen Jungen für ihn. Niemals. Bevor er sich aus Jennifers Leben zurückziehen würde, hatte er ihr allerdings noch etwas zu beichten. »Ich war bei Marius.«

»Was?« Ihr Kreischen klang ganz nach der Jennifer, die er auf dem Fußballplatz das erste Mal gesehen hatte.

»Ich habe ihm mitgeteilt, was ich weiß … und ich habe ihm gesagt, dass ich es dir erzählen werde.«

»Du bist …« Jennifer konnte nicht sagen, was sie fühlte. Sie war emotional überwältigt. Niemals würde sie ihre Gefühle in diesem Moment in Worte fassen können. Sie lief auf Philja zu und schubste ihn von sich weg. »Geh … verschwinde! Ich will dich nie wiedersehen!« Philja wehrte sich nicht gegen ihren Angriff. Er ließ sich aus dem Raum schieben. Jennifer drückte sich an Philja vorbei und rannte in ihre Wohnung.

Während Philja packte, weinte sie bitterlich.

Als Jennifer später hörte, wie die Haustüre ins Schloss fiel, zuckte sie zusammen. Sie schlich in die Wohnung im Erdgeschoss. Die Tür stand offen. Von Philja fehlte jede Spur. Er war gegangen.

Kurze Zeit später kam auch Jonas nach Hause zurück. »Ich habe Philja getroffen, und er hat gesagt, dass er zurück nach Moskau geht!« Jennifer konnte an Jonas' Gesicht ablesen, wie sehr ihn diese Neuigkeit traf. Die ganze Situation war am ungerechtesten für Jonas. Er hatte einen Vater verdient, keine Frage. Aber musste es ausgerechnet Marius sein? Wie sollte sie ihm das nur beibringen? Und wie sollte sie ihm beibringen, dass sie Philja aus dem Haus geschmissen hatte? Jennifer war immer noch so am Ende, dass sie Jonas in ihre Arme schloss und ihn fest an sich drückte. »Hat er gesagt, warum er geht?«

»Nein.«

Jennifer drückte Jonas noch mehr.

Kapitel 11

Den nächsten Tag überstand Jennifer nur halb bei Bewusstsein. Wie in Trance schien ihr Körper anwesend zu sein und ihr Geist alle notwendigen Dinge irgendwie zu regeln. Letztendlich waren ihre Gefühle allerdings fest abgeschottet in ihrem Inneren. Die Neuigkeit, dass Philja nicht mehr da war, hatte sich bis zum Training am frühen Abend bereits im Dorf herumgesprochen. Von einigen Leuten wurde Philjas Abreise sofort mit der Hoffnung verbunden, dass bald positive Nachrichten in Sachen Vereinsheim eintreffen würden. Nur der Bürgermeister war leicht geknickt. Wie gerne hätte er noch das russische Fest für den Gast ausgerichtet.

»Bis später.« Jonas ertrug Philjas Abreise mit beunruhigender Ruhe. Jennifer sah ihrem Sohn nach, der sich gerade auf den Weg zu seinen Mitspielern machte. Dann begann sie ihre Schnürsenkel zu binden. Der Junge hatte anscheinend schon viel Frust in seinem Leben ertragen müssen, wenn ihn diese erneute Veränderung so kaltließ. Oder er hatte gelernt, seine Emotionen gut zu verstecken.

Jennifer wurde von Marius' heranfahrendem Wagen abgelenkt. Sofort stand sie auf und machte sich auf zu ihren Schützlingen. Auf dem Weg dorthin warf sie Marius, der gerade sein Auto verließ, noch einen giftigen Blick zu.

Jennifer war wieder ganz die Alte. Mit Trillerpfeife und ekelhafter Stimme führte sie ihr Training durch. Sie hörte, wie Lena zu Tobias tuschelte und wie dabei der Name Philja fiel. Jennifer ging sofort auf die beiden zu. »Philja ist abgereist, okay? Er wird auch nicht mehr wiederkommen!« Sie erschrak selbst darüber, wie weinerlich ihre Stimme plötzlich klang, und riss sich zusammen.

Den nächsten Tag verbrachte Jennifer damit, das Gerede der Leute zu ignorieren, auf Fragen möglichst allgemein zu antworten und vor allen Dingen Marius zu ignorieren. Es entging ihr nicht, dass er ihr vorsichtige Blicke zuwarf, wann immer sie sich begegneten. Sie setzte eine teilnahmslose Maske auf und organisierte ihren Alltag.

Endlich konnte wieder Normalität in ihr Leben einkehren. Ha! Wenn das mal so einfach gewesen wäre. Philja hatte eine Lücke hinterlassen, die vor seiner Ankunft nicht da gewesen war. Auch die Tatsache, dass sie nun wusste, wer Jonas' Vater war, konnte diesen Freiraum nicht füllen. Wie hatte sie nur so blöd sein können, Philja gehen zu lassen und ihm einfach nur dabei zuzusehen, wie er sich davonmachte. Er war, obwohl sie ihn erst kurz kannte, einer der wenigen Menschen, die sie so kannten, wie sie wirklich war. Er hatte sich die Zeit genommen, ihr zuzuhören. Hatte nachgefragt und versucht, sie zu verstehen. Und allem Anschein nach mochte er sie auch. Jedenfalls hatte sie sich das eingebildet.

Jennifer schrubbte gerade die Badewanne in der Wohnung ihres Vaters, als es am Mittwochnachmittag an ihrer Haustüre klingelte. Während sie aus der Erdgeschosswohnung in das Treppenhaus ging, erkannte sie sofort die Silhouette durch die teilweise verglaste Haustüre. Ihre Stimmung war so geladen, dass sie wütend die Tür aufriss. Erwartungsvoll starrte sie Marius an.

»Hallo.«

Sie konnte es nicht fassen. »Hallo? Ist das alles, was dir einfällt?«

Marius ließ sich nicht aus der Ruhe bringen und sah sie genauso freundlich an wie immer. »Ich würde gerne mit dir reden.«

»Ach, jetzt willst du reden, ja?«

»Du hast ja keine Ahnung, wie oft es mir auf der Zunge lag. Ich wollte es dir sagen, ständig. Aber je länger ich damit gewartet habe, umso schwerer fiel es mir. Irgendwann habe ich mir eingeredet, dass die Situation so ganz in Ordnung sei.«

»In Ordnung?«

»Bitte! Ich sage doch, dass ich es mir eingeredet habe. Selbstverständlich war es nicht korrekt. Und natürlich habe ich darunter gelitten, dass Jonas nicht weiß, dass ich sein Vater bin.«

»Kannst du dir vorstellen, wie er gelitten hat? Er hat mich ständig nach seinem Vater gefragt. Er wollte so viele Dinge über ihn wissen, und ich konnte ihm nicht eine vernünftige Antwort geben! Klar, hätte ich geahnt, dass du es bist, dann hätte ich ihn einfach ein Haus weitergeschickt, aber …«

»Du bist wütend! Ich verstehe das, glaub mir. Aber sollen wir uns deswegen für den Rest unseres Lebens hassen?«

Jennifer verschränkte die Arme. Diese Frage würde sie momentan gerne bejahen, traute es sich aber doch nicht. Stattdessen entschied sie sich, ihm weitere Vorwürfe zu machen. »Alles, wirklich alles, sieht jetzt völlig anders aus. Dass du versucht hast, mir das Gymnasium schmackhaft zu machen, obwohl Jonas auf der Realschule wirklich gut aufgehoben ist. Dass du ihm ein Fahrrad geliehen hast unter dem Vorwand, du hättest es im Angebot gesehen und für deine Töchter wäre es noch zu groß.« Tränen schlichen sich in Jennifers Augen. »Du hast uns die ganze Zeit etwas vorgemacht! Du warst gar nicht der hilfsbereite Nachbar, für den ich dich gehalten habe. Du hast versucht, dich in meine Erziehung einzumischen. Du bist ein elender Feigling, Marius Lecheler!«

»Jennifer, ich verstehe …«

»Nichts verstehst du! Ich habe nie wieder einen Mann an mich herangelassen! Ich hatte nie wieder Sex! Nie wieder! Ich war damals noch Jungfrau! Ja, da schaust du. Es war aber so. Du hättest verdammt noch mal zu Jonas stehen müssen, hättest dich melden können.«

Die Sex-Beichte schien Marius beinahe am meisten zu schockieren. »Oh! Das habe ich wirklich nicht gewusst. Ich dachte, du und Philja …«

»Philja? Richtig. Der einzige Mann, der mir in den letzten Jahren etwas bedeutet hat. Ups, ich glaube den habe ich für immer und ewig zum Teufel gejagt!« Jennifer war auf einmal nicht mehr fähig zu brüllen. Es war, als hätte sie sich ausgeschrien.

Zu ihrer Überraschung ließ Marius sie aber nicht einfach stehen. Er ging auf sie zu, und alleine diese Tatsache rechnete sie ihm hoch an. Ihr Körper erschlaffte, und sie begann bitterlich zu weinen. Marius schlang behutsam seine Arme um sie. Jennifer konnte sich gar nicht mehr erinnern, wann sie das letzte Mal das Bedürfnis verspürt hatte, in den Arm genommen zu werden. Sie konnte den Wunsch danach nicht länger verleugnen und schmiegte sich an Marius' Brust. Eine Weile standen sie auf dem Flur des Treppenhauses und hatten völlig vergessen, dass die Haustüre offen stand.

»Was ist denn hier los?« Magdalenas baffe Stimme ließ Marius zusammenzucken. Jennifer löste sich sofort von ihm und wischte sich die Tränen von den Wangen. Marius warf ihr einen entschlossenen Blick zu und verließ ihr Haus. Sie konnte noch einige Worte verstehen, die er zu seiner Frau murmelte, und sie war sich sicher, dass die Ehe der beiden auf eine harte Probe gestellt werden würde.

Eine halbe Stunde später, Jennifer hatte sich gerade einigermaßen beruhigt, hörte sie Magdalenas laute Stimme von der Straße. Als Jennifer neugierig durch ein Fenster spähte, erkannte sie sofort, dass ihre Ahnung nicht ganz unberechtigt gewesen war. Magdalena verließ mit wehenden Fahnen das Haus. Die beiden Mädchen saßen bereits im Auto, und Magdalena trug einige Gepäckstücke mit sich. »Ich bin bei meinen Eltern! Ruf mich nicht an!«

Marius wirkte wie ein Häufchen Elend. Er versuchte nicht, seine Frau aufzuhalten. Mit größter Anstrengung machte er sich auf den Weg zum Auto der Familie und verabschiedete seine Töchter.

»Warum kommst du nicht mit zu Oma?«, hörte Jennifer eine dünne Stimme fragen.

»Weil Papa arbeiten muss.«

Jennifers Stimmung sank erneut in den Keller, als sie diese Szene beobachtete. Magdalena fuhr ab, und Marius winkte dem Wagen sogar noch nach. Als er sich zum Haus wendete, warf er Jennifer einen schmerzerfüllten Blick zu, den sie erwiderte. In diesem Moment tat ihr Marius nur noch leid, obwohl sie ihm diesen Ärger eigentlich gegönnt hatte.

Dennoch ging sie ihm die nächsten Tage aus dem Weg. Sie versuchte, Jonas so viel Normalität wie möglich zu geben, und schickte ihn wie gewohnt ins Fußballtraining. Sie stürzte sich ebenfalls in ihren gewohnten Tagesablauf.

Eines Abends klingelte es an der Haustür. Als sie öffnete, stand Marius vor der Tür. Er wirkte abgemagert und blass. Unter seinen Augen hatten sich dunkle Ringe gebildet. Mit anderen Worten. Er sah so richtig schlecht aus. Jennifers fragender Blick fiel auf den geöffneten Brief, den Marius in den Händen hielt. Er rang deutlich um Fassung. » … er ist gutartig … der Leberfleck …«

Jennifer wusste nicht, was sie dazu sagen sollte. »Öhm … okay?«

Marius fixierte sie sofort. »Entschuldige, dass ich

dich damit belästige … aber … ich soll doch nicht bei Magdalena anrufen … ich musste es einfach jemandem erzählen.« Marius drehte sich bereits zum Gehen.

»Schon in Ordnung. Du bist bestimmt erleichtert.« Marius blieb nickend stehen und warf Jennifer einen dankbaren Blick zu. »Möchtest du hereinkommen?« Marius trat schließlich zögernd ein.

»Ich will sie nicht verlieren. Ich liebe sie.« Jennifer ging auf Marius zu, der auf ihrer Couch im Wohnzimmer saß. Sie hatte kurz Jonas Gute Nacht gesagt. Marius hatte wohl in der Zwischenzeit den Entschluss gefasst, das Thema zu wechseln. Bisher war es hauptsächlich um Fußball gegangen. Jennifer sah sich das Häufchen Elend auf ihrem Sofa näher an. Ihr wurde wieder bewusst, was sie im Grunde genommen immer gewusst hatte. Marius war ein netter Kerl. Er war von allen Männern im Dorf der einzige gewesen, der sie nie schief angesehen hatte.

Jetzt wusste sie natürlich auch, warum. Er war maßgeblich an ihrer Geschichte beteiligt gewesen. Er war ein guter Mensch, der einen Fehler gemacht hatte. Er war auf einen Zug aufgestiegen, aus dem er den Absprung nie geschafft hatte. Jedenfalls nicht, bis Philja ihn zum Entgleisen gebracht hatte. Philja. Jennifer ließ nicht zu, dass er ihre Gedanken schon wieder beherrschte.

»Ruf sie an!«, schlug Jennifer vor, als sie sich Marius gegenüber auf den Sessel fallen ließ.

»Nein. Sie hat mir deutlich zu verstehen gegeben, dass sie weder von mir hören geschweige denn etwas von mir sehen will. Sie wird sich melden, wenn sie so weit ist.«

»Wenn du meinst.«

»Glaub mir. Ich kenne sie.«

Jennifer nickte und wurde wieder wütend.

»Was ist?«, fragte Marius sofort, dem der Stimmungswechsel nicht entgangen war.

»Ach, ich bin unendlich sauer auf Philja. Er hat sich in Dinge eingemischt, die ihn nichts angehen!«

»Ja, das hat er. Aber ich glaube, er hat es gut gemeint.«

»Nimm ihn nicht in Schutz. Er ist ein Arschloch.«

»Denkst du tatsächlich so über ihn? Ich hatte den Eindruck, dass ihm sehr viel an dir liegt.«

Jennifer überhörte den zweiten Satz. Für solche Anspielungen hatte sie jetzt nicht die Nerven. »Ich hasse ihn. Er hat nicht nur mein Leben durcheinandergebracht. Nein, er musste auch noch deine Familie zerstören.«

Marius ließ Jennifers Worte eine Weile im Raum stehen, bis er flüsterte. »Er hat meine Familie nicht zerstört. Das war ich ganz alleine. Ich hätte von Anfang an ehrlich sein müssen. Mit dir, mit Jonas und mit meiner Frau.« Nach kurzer Pause fügte er hinzu: »Außerdem hoffe ich doch, dass meine Familie noch eine Chance hat. Wir lieben uns, weißt du?«

»Nein, mit solchen Dingen kenne ich mich nicht aus.«

»Daran bin ich schuld.«

»Das sollte kein Vorwurf sein.«

»Doch.«

»Ich …«

»Nein, du hast doch recht.« Jennifer wollte aufstehen, aber Marius war schneller und stand ihr gegenüber. »Ich habe dich betrunken gemacht und dich verführt. Du hattest keine Chance.«

»Stell mich nicht so hin, als ob ich das naive Mädchen vom Lande gewesen wäre.«

Marius lachte kurz auf, wurde aber sofort wieder ernst. »Aber das warst du tatsächlich.« Jennifer verschränkte die Arme und sah zur Seite. Marius ließ nicht locker. »Und ich war ein spätpubertierender 19-Jähriger, der auf einen Orgasmus aus war.«

Um Jennifers Mundwinkel zuckte es. »Du warst ein Superheld!«

»Okay, ein pubertierender Superheld, der nur Sex im Kopf hatte.«

»Wann hast du erfahren, dass ich schwanger bin.«

Marius fuhr sich über sein kurzes Haar und dachte nach. »Ach, das war erst Monate später. Ich habe einen Kumpel getroffen, und der hatte es wiederum von seinem Kumpel gehört usw. Die Jungs hatten nur etwas von einem Kerl im Superheldenkostüm aufgeschnappt und haben ihre Scherze über mich gemacht. Die konnten nicht ahnen, dass sie damit ins Schwarze getroffen haben.«

Jennifer setzte sich wieder hin. »Warum hast du dich nie gemeldet?«

Marius holte tief Luft und ließ sich auf die Couch zurücksinken. »Das habe ich.« Jennifers Augen wurden

groß. Sie traute sich nicht, einen Mucks von sich zu geben, und lauschte Marius' Erklärung. »Ich war da …
hier vor diesem Haus. Ich habe dich gesehen, mit dickem Bauch.«

»Wann …? Ich kann …« Jennifer suchte in ihren
Erinnerungen nach Marius, konnte aber kein passendes
Erlebnis abrufen.

»Ich war mit dem Motorrad da und hatte meinen
Helm auf. Als ich dich zu Fuß mit deinem Vater nach
Hause kommen sah, wurde mir bewusst, wie jung du
warst.« Marius' Stimme zitterte. »Du warst so verdammt
jung. Ich … ich habe einfach eine Scheißangst gehabt
… dein Vater hätte mich bestimmt wegen Verführung
einer Minderjährigen angezeigt, und dann hätte ich für
ein Kind zahlen dürfen, das ich niemals zu Gesicht bekommen hätte.«

»Aber …«

»Bitte, lass mich ausreden. Ich weiß, dass dein Vater das niemals gemacht hätte, aber damals kam er
mir so groß und stark vor. Ich war doch nur ein halbes
Hemd.« Jennifer lächelte, weil Marius im Grunde genommen immer noch ein halbes Hemd war. »Also habe
ich einfach meine Maschine angeschmissen und bin an
euch vorbeigebraust. Dein Vater hat mir sogar noch etwas hinterhergeschimpft.«

Jetzt fiel Jennifer die Situation ein. Sie hatte mit
ihrem Vater einen ausgedehnten Spaziergang unternommen, und er hatte sie in so vieler Hinsicht beruhigen
können. Sie hatte nämlich auch eine Scheißangst gehabt, nur dass sie sich nicht auf ein Motorrad setzen

und einfach davonfahren hatte können. Jennifer überlegte, was ihr Vater dem Motorradfahrer nachgebrüllt hatte. Sie sah ihn vor sich, mit erhobener Faust drohend. Aber es fiel ihr nicht mehr ein. Sie konnte sich kaum noch an die Stimme ihres Vaters erinnern.

Marius unterbrach ihre Gedanken. »Ich habe für Jonas gespart. Ich wollte mich nie vor der finanziellen Seite drücken.«

Jennifer schloss die Augen und schüttelte den Kopf.

»Bitte, es ist alles für Jonas. Ich habe es für ihn beiseitegelegt.«

»Darum geht es mir nicht. Ich habe mir geschworen, dass ich niemals über Geld mit Jonas' Vater sprechen werde, sollte er sich jemals bei mir melden.«

»Du wolltest ihm nur gehörig die Hölle heißmachen?«

»Genau. Nur habe ich dabei nicht bedacht, dass es mein Nachbar sein könnte.«

Jennifer schenkte Marius ein kleines Lächeln, das ihn hoffen ließ. Vielleicht hatte Philja doch richtig vermutet. Jennifer war im Grunde genommen ein warmherziger Mensch. Wie hätte sie sonst so einen lieben Jungen hervorbringen können? Seine nächste Frage ließ seine Stimme schwanken. »Wirst du es ihm sagen?«

Jennifer schaute aus dem Fenster und pustete Luft aus. »Die Frage ist wohl eher: Wie werden wir es ihm sagen?«

Die beiden unterhielten sich noch bis spät in die Nacht hinein. Eine Erkenntnis, wie sie Jonas die Nachricht am besten überbringen könnten, fanden sie nicht.

Marius war es wichtig, zuerst mit seiner Frau wieder ins Reine zu kommen, und es war klar, dass er nicht den ersten Schritt unternehmen würde. Er wollte warten. Jennifer sah ihm allerdings deutlich an, dass er nicht mehr lange warten konnte. Er sah einfach zu schlecht aus.

Kapitel 12

Im Nachhinein konnte Jennifer nicht mehr sagen, wie es zu ihrem Entschluss kam, Magdalena bei ihren Eltern aufzusuchen. Im Grunde genommen war die Familientragödie vor ihrer Tür ein willkommener Vorwand, sich nicht mit den eigenen Problemen befassen zu müssen. Sie wollte Philja vergessen. Und sie wollte ihrem Sohn die Wahrheit sagen.

Letztendlich fand sie sich in ihrem Wagen vor dem Haus von Magdalenas Eltern wieder. Die Adresse hatte sie leicht ausfindig gemacht. Die Anschrift und Telefonnummer der Großeltern war im Kindergarten hinterlegt gewesen.

Jennifer drückte den Klingelknopf neben der Tür und wartete gespannt ab. Ein älterer Herr öffnete ihr. Offensichtlich hatte er gerade die Tageszeitung gelesen, da er sie noch in den Händen hielt. Außerdem hing seine Lesebrille tief auf der Nase. »Ja?«, fragte der Mann freundlich.

»Hallo, ich bin es, Jennifer.«

Jetzt erkannte der Mann sie. »Ach, ja genau. Das Fräulein aus dem Kindergarten. Ist etwas passiert?«

»Nein, alles in Ordnung. Ich wollte nur mal sehen, wie es Magdalena und den Mädchen geht.«

»Die sind auf dem Spielplatz«, er deutete in eine Richtung, »gleich da die Straße runter. Sie können ihn gar nicht verfehlen.«

Jennifer bedankte sich und verabschiedete sich von Magdalenas Vater. Sie machte sich zu Fuß auf den Weg und erreichte bald darauf einen schönen Abenteuerspielplatz. Die beiden Mädchen winkten ihr kurz zu, schienen aber über ihr Auftauchen nicht weiter verwundert zu sein. Magdalena saß auf einer Bank, und Jennifer setzte sich einfach zu ihr. Ohne aufzusehen, hatte Magdalena sofort bemerkt, wer neben ihr Platz genommen hatte. Ein leichter Wind blies ihr die Haare ins Gesicht. Sie strich sich die Strähnen zur Seite und stützte ihre Unterarme auf den Beinen auf. Eine Weile sagte keine der beiden etwas.

Magdalena brach das Schweigen. »All die Jahre kursierte diese unglaubliche Geschichte im Dorf. Nie im Leben wäre ich draufgekommen, dass Marius der mysteriöse Unbekannte ist.«

Jennifer nickte. »Ich auch nicht.«

Magdalena konnte Jennifer immer noch nicht ins Gesicht sehen. Während sie weitersprach, beobachtete sie ihre Töchter beim Spielen. »Er hätte einen Oscar verdient. Bester Nebendarsteller in einem Drama.«

Jennifer presste ihre Lippen aufeinander und nickte erneut.

Magdalenas Stimme strotzte nur so vor Verbitterung. »Wenn das die Runde macht …« Sie konnte nicht weitersprechen.

»Er braucht dich.«

»Ach ja? Weißt du, wie oft ich mich über dich lustig gemacht habe?« Jennifers Blick sprach Bände. »Entschuldige, aber es war so. Ich konnte ja nicht ahnen, dass ich ihn mit jeder meiner unbedachten Äußerungen mit verletzt habe. Ich glaube, er wird mir das nie verzeihen.«

Jennifer war überrascht. Sie hätte nicht gedacht, dass Magdalena in diese Richtung denken würde. »Er liebt dich. Er ist verzweifelt. Er hat Angst, dass du ihm nie verzeihen wirst.«

»Kannst du ihm denn verzeihen?«

»Keine Ahnung. Ehrlich gesagt: Ohne ihn hätte ich Jonas nicht. Jonas ist das Beste, was mir in meinem Leben passiert ist.«

Magdalena zuckte mit den Schultern. »Schon komisch. Ich dachte immer, ich wäre ihm noch einen Sohn schuldig. Konnte ja nicht ahnen, dass er bereits einen hat.« Unter ihren Tränen kam ihr ein kurzes Lachen aus.

Jennifer stand auf und legte kurz ihre Hand auf Magdalenas Schulter. »Komm zurück. Die Mädchen brauchen ihren Vater.«

Magdalena schaute zu Jennifer auf. »Und Jonas?«

Jennifers Blick schweifte ab. Sie war sich immer noch nicht sicher, wie sie es ihm erzählen sollte. Sie fürchtete sich vor den vielen Fragen, die er stellen würde. Tränen schlichen sich in ihre Augen.

Magdalenas Hand legte sich auf ihre. Der warmherzige Klang ihrer Stimme überraschte Jennifer erneut. »Wie es aussieht, sind wir jetzt irgendwie … verwandt.«

Überwältigt zwang sich Jennifer ein Lächeln ab. Sie zog ihre Hand unter Magdalenas hervor und verließ den Spielplatz, um heimzufahren.

Sie berichtete Marius nichts von ihrem Besuch bei seiner Frau und hoffte im Stillen, dass diese sich bald dazu entschließen würde, nach Hause zurückzukehren.

Immer wieder ertappte sie sich dabei, wie sie verstohlene Blicke aus dem Fenster warf. Aber von Magdalena und den Mädchen fehlte jede Spur.

»Warum schaust du immer zu den Lechelers?« Jonas stellte sich neben sie ans Fenster und schaute interessiert.

»Ach, nur so.«

»Wo sind denn die Magdalena und die Mädels?«

»Die besuchen Oma und Opa.«

»Ach so.«

In diesem Moment fuhr Marius mit seinem Auto vors Haus. Jennifer sagte ganz automatisch: »Ich muss dir was sagen.«

»Was?«

»Der Marius …« Sag es!, dachte sich Jennifer. »… der ist dein Papa.«

Jonas riss die Augen auf, und sein Mund klappte auf. Er drückte sofort sein Gesicht an die Scheibe und starrte Marius an, der inzwischen aus dem Auto stieg. Jennifer beobachtete jede Regung auf Jonas' Gesicht genau. »Krass!«

Erleichtert schloss Jennifer kurz die Augen. Die erste Reaktion war zumindest schon einmal so ausgefallen, dass sie darauf aufbauen konnte. Natürlich würden mit der Zeit einige Fragen zu beantworten sein, aber da wäre Marius mehr in der Klemme als sie. Zu ihrer Überraschung klopfte Jonas laut an die Scheibe und wartete geduldig, bis Marius ihn sah. Jonas winkte wie wild. Jennifer und Marius warfen sich einen Blick zu, und Marius erkannte sofort, was passiert war, als Jennifer auf seine stumm gestellte Frage leicht nickte.

Marius stand eine Weile einfach nur da, bis er mit verkniffenem Lächeln und kurz erhobener Hand winkte. Jetzt riss Jonas das Fenster auf. Jennifer musste sich hektisch darum kümmern, dass ihre Grünpflanze diese Aktion überlebte. Jonas wusste aber wohl nicht, was er eigentlich zu Marius sagen hatte wollen. Er schwieg und schien zu überlegen.

Jennifer war dankbar, dass Marius das Wort ergriff. »Darf ich euch nachher besuchen?«

Jennifer blieb still und wartete ab, was Jonas sagen würde. »Klaro!«

Jetzt verzog sich Marius' Gesicht zu einem breiten Grinsen. Obwohl ihn die Situation mit seiner Familie sichtlich belastete, war ihm seine Erleichterung anzumerken. »Ich bringe nur schnell meine Sachen rein, dann komme ich sofort.«

»Du kannst ja mit uns abendessen«, schlug Jennifer vor. Jonas nickte eifrig, und Marius deutete noch einmal auf seinen Aktenkoffer. Er eilte auf seinen Eingang zu.

Jennifer schloss das Fenster, und Jonas schnaufte tief aus. »Puh!« Er wirkte etwas blass.

»Na du? Alles klar?« Jonas nickte zwar, Jennifer bemerkte aber, dass er kräftig dabei schluckte.

Sie streichelte ihrem Sohn über den Kopf und brachte seine Frisur durcheinander. »Komm. Wir decken den Tisch fürs Abendessen«, schlug sie vor und hoffte, ihn damit abzulenken.

Marius erschien kurze Zeit später. Er wirkte leicht verlegen, was Jennifer erstaunlicherweise die Kraft gab, sich als gute Gastgeberin zu zeigen. Sie hielt ein Gespräch am Laufen und erkannte sich selbst nicht wieder, so häufig lächelte sie bewusst zwischen Marius und Jonas hin und her. Sie wollte, dass es mit den beiden funktionierte. Deshalb hielt sie das Gespräch in Gang und ermutigte Marius dadurch, sich verstärkt einzubringen.

Sie bemerkte jedoch, dass Jonas inzwischen viele Fragen auf der Zunge brannten. Während sie die Küche für sich mit Beschlag belegte, um den Abwasch zu tätigen, schickte sie die zwei ins Wohnzimmer. Sie hatte nicht vor zu lauschen, auch wenn es sich angeboten hätte. Die Küche verfügte über eine kleine Durchreiche zum Wohnzimmer, und diese stand immer offen. Jennifer klapperte vorsätzlich mit dem Geschirr, um gar nicht erst in Versuchung zu geraten. Außerdem wollte sie für Marius und Jonas den Eindruck herstellen, dass sie nichts hören würde. Sie nahm lediglich das leise Raunen von Marius' Stimme wahr, die immer wieder von Jonas' heller Jungenstimme unterbrochen wurde. Deren Klang war aber nicht beunruhigend.

Nach einigen Tagen, an denen Marius jeden Abend bei ihnen zu Besuch gewesen war, kehrte Magdalena mit ihren Töchtern zurück zu Marius. Jennifer beobachtete die Ankunft durchs Fenster. Da es erst früher Nachmittag war, schien Marius noch in der Arbeit zu sein. Jennifer beeilte sich, in den Garten zu gehen, da dort Jonas im hohen Kletterbaum saß. Als sie den Garten betrat, hatte Jonas bereits gesehen, dass die Nachbarschaft anwesend war. Er verhielt sich still und machte keinen Mucks.

Magdalena grüßte Jennifer kurz zu, und diese nickte stumm zurück. Mit einem vorsichtigen Blick in den Baum, mit dem sie eigentlich weniger Magdalena über Jonas' Anwesenheit informieren wollte, verriet sie ihr, dass dort der Junge saß. Magdalena kam zu Jennifer in den Garten, und beide starrten zu Jonas auf den Baum. Jennifer war mindestens genauso angespannt wie Jonas. Aber Magdalena überraschte sie. »Hallo, Jonas! Wie geht's?«

»Gut.« Jonas war immer noch unsicher, da er so leise sprach.

»Willst du mit den Mädels ein bisschen fernsehen, solange ich auspacke?« Normalerweise hätte Jennifer das nie erlaubt. Sie hasste es, wenn Jonas mitten am Nachmittag vor der Glotze saß. Aber in diesem besonderen Fall würde sie ihren Mund halten. Jonas begann sofort den Baum hinunterzuklettern, was Antwort genug war.

Als Jennifer an diesem Nachmittag zum Training ging, wurde sie bereits auf dem Spielfeld erwartet. Es war ungewöhnlich, dass so viele Eltern und Vereinsmitglieder um das Spielfeld versammelt waren. Marius sah Jennifer näher kommen und löste sich aus dem Pulk der aufgebrachten Menschenmenge, um ihr entgegenzueilen. Auf Jennifers fragenden Blick bekam diese sofort von Marius eine Antwort. »Wir kriegen das Gebäude nicht!«

»Was?«

»Der Verein hat Post bekommen. Wie es scheint, hat Philja seinen Chef nicht überzeugen können, uns das Vereinsheim zu verkaufen.«

Jennifer versuchte, diese Information zu verdauen. Ihr Blick huschte unruhig umher, während sich ihre Stirn in Runzeln legte. »Aber …«

»Es ist nicht deine Schuld!«

Doch, es war ihre Schuld. Sie hatte Philja aus ihrem Haus geschmissen. Wahrscheinlich war er ihr nicht gerade wohlgesonnen gewesen, als er zurück in Moskau war. Dementsprechend hatte sein Bericht über den örtlichen Verein ausfallen müssen. »Doch, Marius! Es ist alles meine Schuld. Ich habe mich mit Philja gestritten …«

Marius' Augen weiteten sich. »Aber er wird doch deswegen nicht …«

»Ich habe ihn aus dem Haus geworfen. Er war sauer auf mich, glaub ich.« Jennifer registrierte erst jetzt die Stille, die um sie herum entstanden war. Wie es schien, hatten alle anwesenden Personen ihre letzten Worte gehört. Die meisten Gesichter, in die sie blickte, sprachen Bände. Jennifer sah, dass sogar der Bürgermeister vor Ort war, und ihr schoss augenblicklich das Blut ins Gesicht.

Seine Worte verletzten sie. »Du hast ihn aus dem Haus geworfen? Bist du denn verrückt geworden?«

Jennifer blickte verlegen zu Boden. »Na ja …« Ihr fiel nichts ein, was sie noch sagen könnte.

»Stimmt das, Mama?« Oh Mann! Sogar Jonas klang wirklich entsetzt.

Jennifer nickte stumm und presste dabei die Lippen aufeinander. Sie fühlte sich den Blicken aller Anwesenden erbarmungslos ausgesetzt. Sie würde es hier keine Minute länger aushalten. Ein Blick in Marius' Gesicht zeigte ihr, dass er zwar Verständnis für ihre Situation aufzubringen versuchte, allerdings auch nicht wusste, was er jetzt sagen sollte. »Ich … gehe jetzt nach Hause«, hörte Jennifer sich selbst wie in Trance murmeln.

»Schon okay! Ich mach das!«, rief Marius ihr nach, während sie ihm bereits den Rücken zugewendet hatte.

Die nächsten Tage waren für Jennifer die Hölle. Obwohl sie es grundsätzlich gewohnt war, dass hinter vorgehaltener Hand über sie getuschelt wurde, hatte die Art und Weise des Umgangs mit ihr eine neue Dimension erreicht. Hier ging es nicht mehr um eine Sechzehnjährige, die unverhofft schwanger war. Es ging um eine Siebenundzwanzigjährige, die den Hoffnungsträger auf das Vereinsheim vergrault hatte. Die Blicke, die ihr begegneten, waren unmissverständlich.

Jennifer fühlte sich so, als hätte sie Franz Beckenbauer höchstpersönlich ins Gesicht gespuckt. Niemand sprach direkt mit ihr darüber. Es war wieder so wie früher. Nur dass sie diesmal auf sich gestellt war. Es gab keine Großeltern und keinen Vater, die sich schützend vor sie stellten. Nicht einmal ihr eigener Sohn hatte Verständnis. Jonas war sauer auf sie, auch wenn er sich bemühte, dies nicht zu offensichtlich zu zeigen. Jennifer bemerkte dies allerdings genau. Er war wortkarg und immer kurz angebunden. Er verzog sich zu Freunden oder auf sein Zimmer. Jennifer ahnte, dass es ihm weniger um das Vereinsheim, sondern mehr um die Freundschaft zu Philja ging. Sie hatte etwas zerstört, was noch nicht richtig begonnen hatte.

Der einzige Lichtblick war die Entwicklung eines vorsichtigen Vater-Sohn-Verhältnisses. Jennifer kam nicht umhin, zuzugeben, dass Jonas' Ärger auf sie diese Entwicklung sogar begünstigte.

Sie ertrug alle zornigen und enttäuschten Blicke tapfer, bis ein Gerücht die Runde machte. Sie erfuhr es von ihrer Kollegin Petra, die Kontakte zum Bauamt hatte. »Du, ich habe vom Andreas gehört, dass der Kulikow angezeigt hat, dass er das Gebäude abreißen lassen wird.«

»Abreißen?«

Petra bejahte diese Tatsache noch einmal, und Jennifers gut versteckte Verzweiflung brach über ihr zusammen. Sie war sich sicher, dass das Ausmaß ihrer Abgrenzung damit einen neuen Höhepunkt erreichen würde. Glücklicherweise hatte Petra mit der Bekanntgabe ihrer Neuigkeit gewartet, bis Feierabend gewesen war.

Als Petra sich verabschiedet hatte, konnte Jennifer sich nicht länger zurückhalten. Mit ihren Händen vorm Gesicht kauerte sie sich verzweifelt in die Kuschelecke des Kindergartens und ergab sich ihren angestauten Tränen.

Nach kurzer Zeit spürte sie unerwarteten Zorn in sich aufkeimen. Wie konnte er es wagen? Was hatte Philja diesem Kulikow nur alles erzählt? Er wollte dem

Verein das Gebäude nicht nur nicht überlassen, nein, er musste es auch noch dem Erdboden gleichmachen. War sie tatsächlich so schrecklich? Es konnte doch nicht an ihr liegen? Jedenfalls nicht nur?

Während Jennifer in der Kuschelecke saß und mit einem überdimensionalen Teddy kuschelte, kamen ihr die verrücktesten Ideen. Sie würde Kulikow noch einmal einladen und hoffen, dass er diesmal nicht Philja schicken würde. Sie würde die Fußballwelt auf ihr Dilemma aufmerksam machen. Sie musste die Presse über den Vorfall informieren. Oder noch besser: Sie würde nach Moskau fahren und sich diesen Kulikow persönlich vorknöpfen. Außerdem hätte sie so die Möglichkeit, sich mit Philja auszusprechen.

Philja … Es war ihr ganz und gar nicht recht, dass ihr Herz immer erfreut hüpfte, wenn sie an ihn dachte. Und sie konnte ein schlechtes Gewissen spüren, und das nicht erst, seit sie von dem Vereinsheim wusste. Im Grunde genommen war eine Entschuldigung fällig. Das war ihr klar. Vielleicht müsste sie sich sogar bei ihm bedanken. Er hatte Jonas den Vater gebracht, den er so schmerzlich vermisst hatte.

Kapitel 13

Die Wochen waren ins Land gezogen. Jennifer hatte vieles probiert. Sie war an die örtliche Presse gegangen, hatte eine kleine Demonstration vor dem Bahnhofsgebäude gemacht und sogar an Herrn Kulikow geschrieben. Letztendlich hatten diese Aktionen lediglich bewirkt, dass die Leute aus dem Dorf sie nicht mehr gar so schief ansahen. Jonas war ebenfalls wieder der Alte. Nur von Kulikow hatte sie keine Antwort erhalten. Der Abriss konnte jederzeit losgehen. Das war allen klar.

Jennifer hatte sich verändert. Sie bemerkte dies selbst allerdings eher weniger. Es war wie von selbst passiert, dass sie beim Einkaufen zu anderen Kleidungsstücken als früher gegriffen hatte. Auf einmal liebte sie Jeanshosen und eng anliegende T-Shirts. Sie fühlte sich einfach wohl darin, konnte allerdings nicht erklären, warum. Ihr Haar trug sie inzwischen offen. Diese Veränderung schien mit ihrem Engagement für das Vereinsheim einhergegangen zu sein. Letztendlich war Jennifer allerdings klar, worauf sie sich vorbereitete. Sie musste nach Moskau reisen.

Diese letzte Option hatte sie sich als äußerste Notmaßnahme übrig gelassen, die sie einsetzen wollte, sollten alle Stricke reißen. Es waren alle Stricke gerissen. Ihr Einsatz hatte keine hohen Wellen geschlagen. Niemand außer ihrem Verein interessierte sich für das alte Gebäude. Im Gegenteil: Einige hießen die Idee des Abrisses sogar gut, damit nicht länger dieses vom Verfall bedrohte Gebäude einen Schatten auf das Ortsbild werfen würde.

Jennifer grauste es vor ihrer Reise nach Moskau. Sie war in ihrem Leben noch nicht viel herumgekommen, hatte sogar die Schulabschlussfahrt nach Prag absagen müssen wegen extremer Schwangerschaftsübelkeit. Wahrscheinlich war der Gardasee ihre weiteste Urlaubsreise bisher gewesen. Noch dazu war sie noch nie völlig alleine unterwegs gewesen. Dennoch wusste sie, dass sie diese Angelegenheit selbst erledigen musste. Ihre innere Stimme befahl ihr, sich endlich für die Dinge, die ihr wichtig waren, einzusetzen und nicht immer klein beizugeben.

Der Druck wurde immer größer, und Jennifer beschloss, in den Sommerferien, wenn der Kindergarten geschlossen hatte, nach Russland aufzubrechen. Jonas hatte von Magdalena und Marius das Angebot bekommen, dass er bei ihnen bleiben könne. Marius spielte mit dem Gedanken, während ihrer Abwesenheit seine Vaterschaft zu verkünden, damit sich die erste Welle der Aufregung bis zu ihrer Rückkehr wieder gelegt hatte. Jonas war damit einverstanden und Magdalena auch. Die Mädchen wussten schließlich auch noch nichts von ihrem Halbbruder, und die Familie hatte in ihrer Abwesenheit sicherlich viel zu besprechen.

Sie war insgeheim froh, dass sie nicht dabei sein musste, und erstaunlicherweise vertraute sie Marius, dass er gut auf Jonas achten würde. Sogar an Magdalena hatte sie inzwischen einige liebenswerte Eigenschaften entdeckt. Magdalena hatte sie verteidigt, als das Dorf wegen des Vereinsheimes auf sie losgegangen war. Das hatte sie jedenfalls von der Friedel aus der Gaststätte gehört. Und das wollte etwas heißen. Den heimlichen Gedanken, dass sie ja vielleicht in Moskau auch Philja wiedersehen könnte, schob sie mit Absicht weit von sich.

»Bist du dir wirklich sicher?« Marius stand in Jennifers Küche und beobachtete, wie Jennifer ihre Reiseunterlagen sortierte.

»Nein. Ich bin ganz und gar nicht sicher. Aber ich muss es einfach versuchen. Sonst werde ich auf ewig denken, dass der Verlust des Vereinsheimes meine Schuld war.«

Marius nickte verstehend. »Wie gesagt. Mein früherer Studienkollege ist in Moskau als Auslandskorrespondent tätig. Wenn du Hilfe brauchst …«

»Danke dir, aber ich muss endlich mal etwas alleine schaffen. Ich hatte immer jemanden, der für mich da war. Irgendwann sollte ich auch einmal etwas alleine auf die Reihe kriegen, findest du nicht?«

»Du hast dich verändert, seit dein Vater tot ist.«

Diese Feststellung traf schon irgendwie zu, aber Jennifer wusste es besser. Sie dachte: »Ich habe mich verändert, seit Philja hier war.« Dennoch nickte sie. »Ich muss los. Danke, dass ihr euch um Jonas kümmert.« Marius versicherte noch, dass dies kein Problem für ihn und seine Familie sei.

Die Ankunft in Moskau hielt eine Überraschung für Jennifer bereit. Ein Schild mit ihrem Namen darauf ließ sie erkennen, dass sie erwartet wurde. Mit verkniffenem Blick überlegte sie tatsächlich kurz, ob sie den männlichen Schildträger einfach ignorieren sollte. Ihr Schritt verlangsamte sich allerdings bereits, und der Mann lächelte sie freundlich an. »Miss Beck.«

Das war offensichtlich keine Frage gewesen. Perplex ließ sie sich einfach ihren Koffer aus der Hand nehmen und folgte dem Mann zu einer dermaßen übertrieben luxuriösen Limousine, dass sich Jennifers Augen bei deren Anblick weiteten. Mit galantem Schwung öffnete ihr der Kofferträger die Tür und murmelte etwas auf Englisch, das Jennifer nicht richtig verstand. Lediglich den Namen Kulikow hörte sie aus dem Gemurmel heraus. Anscheinend wurde sie bereits erwartet. Das war ja einfacher als gedacht.

Der Kofferträger verfrachtete ihr Gepäck im Stauraum des Wagens und stieg dann im vorderen Bereich ein. Während der Fahrt hatte Jennifer genügend Zeit, um nachzudenken. Ihr Schlachtplan hatte eigentlich anders ausgesehen. Sie hatte gemütlich in ihrem Hotel einchecken wollen, sich frisch machen, um dann am nächsten Vormittag die Büroanschrift dieses Kulikows aufzusuchen. Aber wie es schien, war dieser Kulikow über ihre Anreise informiert worden und erwartete sie bereits. Vielleicht war das ein gutes Zeichen, und das Vereinsheim war doch noch nicht verloren. Philja hatte bestimmt doch noch ein gutes Wort für den Verein eingelegt …

Philja … Warum nur musste sie immer an diese drei verhängnisvollen Küsse denken, wenn ihr dieser Name in den Sinn kam? Besonders der dritte Kuss hatte es in sich gehabt. Ob er auch in Moskau war? Vielleicht würde sie ihm sogar über den Weg laufen. Ob er immer noch wütend auf sie war? Sie hatte ihren Zorn über seine Einmischung längst vergessen. Bedenklich fand sie lediglich die Tatsache, dass sich eine merkwürdige Aufregung in ihr breitmachte, wenn sie an ihn dachte. Schmetterlinge im Bauch! Zum ersten Mal konnte sie nachvollziehen, was diese Worte wirklich bedeuteten.

Ihre Aufmerksamkeit richtete sich automatisch auf die Umgebung außerhalb des großen Fahrzeuges, als dieses in einer Parkbucht hielt. Ein Blick auf die Hausnummer dieses imposanten Gebäudes bestätigte ihre Vermutung, dass sie zum Bürogebäude von Kulikow gebracht worden war. Irgendwie hatte sie sich das Gebäude kleiner vorgestellt, nicht wie dieses imposante moderne Hochhaus. Schon wurde ihr die Tür geöffnet. Ihr Gepäck hatte sie völlig vergessen und wunderte sich auch nicht darüber, dass es in dem großen Wagen verblieb. Ihr Gepäckträger vom Flughafen geleitete sie in das Gebäude, während er in ein kurzes Telefongespräch verwickelt war.

Im Empfangsbereich des Gebäudes befanden sich einige Sessel, und der Mann deutete auf eine dieser Sitzgelegenheiten. Müde wackelte Jennifer folgsam zu einem Sessel und ließ sich hineinplumpsen. Während ihr Begleiter zum Aufzug ging und mit den Angestellten sprach, die davor Posten bezogen hatten, sah sich Jennifer ausgiebig in der Eingangshalle um. Es herrschte reger Personenverkehr. Ihr Blick wurde aber schon nach Kurzem durch eine junge Frau gefesselt, die lautstark mit einem Mitarbeiter hinter dem Empfangstresen diskutierte.

Obwohl Jennifer kein Wort des auf russisch geführten Gespräches verstehen konnte, war leicht zu erkennen, dass die blondierte Frau für ihr Recht um Einlass kämpfte. Immer wieder deutete sie auf den Aufzug. Während ihre Stimme immer lauter wurde, versuchte der Mitarbeiter hinter dem Tresen beschwichtigend auf sie einzureden. Die Frau hatte sich offensichtlich für ihren Termin hier im Haus extra zurechtgemacht. Stark geschminkt, in High Heels und extrakurzem Rock war sie das genaue Gegenteil von Jennifer. Als die Frau schließlich zu brüllen anfing, wurden die Herren am Aufzug tätig. Gemeinsam mit dem Kofferträger vom Flughafen nahmen sie sich der jungen Frau an und nötigten sie in Richtung Ausgang. Die Frau rief mehrmals etwas, das sich für Jennifer nach Kulikow anhörte. Der Mann schien gefragt zu sein, dachte sich Jennifer.

Gerade als die blonde Frau unsanft auf die Straße befördert wurde, öffneten sich die Aufzugtüren. Eine Gruppe von Männern in dunklen Anzügen trat heraus. In ihrer Mitte befand sich ein älterer Herr, der schlank und eher klein in der Gruppe der anderen fast verschwand. Ein anderer Mann ging auf ihn zu, und Jennifer konnte eindeutig den Namen Kulikow hören.

Erwartungsvoll stand sie auf und zog damit kurz die Aufmerksamkeit des älteren Herrn auf sich. Er wechselte ein paar Worte mit dem Mann an seiner

Seite, musterte Jennifer von oben bis unten. Wieder wünschte sie sich, sie hätte sich erst duschen und umziehen können, bevor sie Herrn Kulikow begegnen würde. Die enge Jeans war zwar neu, aber ihre Turnschuhe sahen doch eher abgelatscht aus. Verlegen strich sie sich eine Strähne ihres offenen Haars hinters Ohr und wartete geduldig darauf, dass Herr Kulikow sein Gespräch beenden würde.

Tatsächlich verabschiedete er sich von dem Mann und marschierte in der Traube von Mitarbeitern in ihre Richtung. Gespannt wartete Jennifer auf den nächsten Blickkontakt, aber wie es schien, wollte Herr Kulikow an ihr vorbeigehen. Ihr intensiver Blick blieb aber nicht ohne Folgen. Herr Kulikow sah sie plötzlich an und verlangsamte seinen Schritt. Ein leichtes Lächeln schlich sich auf Jennifers Gesicht, obwohl sie immer noch verlegen wirkte. Kulikow legte den Kopf leicht schief und runzelte die Stirn. So, wie er die Augen zu kleinen Schlitzen verzogen hatte, schien er zu überlegen, ob er sie kennen müsste.

Tatsächlich! Er kam jetzt auf sie zu, und Jennifer war sich der abschätzenden Blicke von Kulikows Begleitern bewusst. »Мы встречались?« Eine Frage.

Okay, was sollte sie nun sagen? »My name is Jennifer Beck. I am from Germany.«

»Jennifer Beck … kennen wir uns?« Er sprach gebrochen Deutsch, aber Jennifer konnte ihn gut verstehen.

»Nein, Sir, nicht persönlich. Ich habe Sie angeschrieben wegen unseres Vereinsheimes?«

Seine Augenbrauen schossen bei der Benutzung des Wortes Sir belustigt in die Höhe. Kulikow sah sie immer noch mit zusammengekniffenen Augen an. Da näherte sich der Kofferträger vom Flughafen. Offensichtlich war es ihm gelungen, die blonde Frau zu vertreiben. Kulikow wendete sich ihm zu und schien ihn etwas zu fragen, von dem Jennifer nur den Namen Alexej verstand. Der Kofferträger, der wohl auf diesen Namen hörte, antwortete in ruhigem Ton.

Jetzt musterte Kulikow sie noch einmal sehr genau. Es schien Jennifer beinahe so, als würde sie noch einmal komplett neu in Augenschein genommen. Leider konnte sie nicht bewerten, ob Kulikows Blick wohlwollend oder abwertend war. »Folgen Sie mir«, bedeutete er mit einer Armbewegung und gab seinem Pulk an Mitarbeitern zu verstehen, dass sie nicht erwünscht waren.

Kulikow ging zurück zum Aufzug, und Jennifer schlich vorsichtig hinterher. Ungeduldig wartete Jennifer während der Fahrt mit dem Aufzug, ob dieser Kulikow noch etwas zu ihr sagen würde, aber er schwieg. Und obwohl er nicht viel größer war als sie, war dieser Mann für sie so respekteinflößend, dass sie sich nicht traute, etwas zu sagen.

Obwohl er den obersten Hemdknopf lässig geöffnet hatte und keine Krawatte trug, schmiegte sich der maßgeschneiderte Anzug perfekt an seinen drahtigen Körper. Für sein Alter sah er bemerkenswert gut aus. Das starke Aftershave füllte nach Kurzem den gesamten Raum des Fahrstuhles aus. Mit einer Armbewegung bedeutete Kulikow, dass Jennifer vor ihm aus dem Fahrstuhl treten solle. Schon öffneten sich die Türen.

Im Gang übernahm Kulikow wieder die Führung. Anscheinend ging es in sein Büro. Mit offenem Mund folgte Jennifer dem Mann in das riesige Büro. Dunkle, schwere Möbelstücke verliehen dem Raum ein fast antikes Aussehen. Irgendwie wollte diese Ausstattung nicht so ganz zu dem modernen Bürokomplex passen. »Setzen Sie sich.« Kulikow deutete auf eine Sitzgelegenheit.

Während Jennifer sich niederließ, eilte Kulikow hinter seinen Schreibtisch. Mit geübtem Griff betätigte er eine Kurzwahl an seinem Telefon und sagte nur einen kurzen Satz auf Russisch, um dann sofort wieder aufzulegen. In Gedanken sank er in die Lehne seines Stuhles zurück und drückte seine Hände aneinander.

Worauf wartet der? Jennifer hielt es nicht länger aus. »Sir … ich bin hier wegen des Gebäudes, das sie abreißen lassen wollen. Es geht um unseren Fußballverein. Der Verein würde Ihnen das Gebäude gerne abkaufen …« Jennifer redete nervös auf den alten Mann ein und bemerkte nicht, wie die Tür zum Büro erneut aufging.

Obwohl die Tür zuerst mit Schwung geöffnet worden war, hielt die Person beim Eintreten inne und erstarrte. Philja konnte es nicht glauben. Ärgerlich wollte er erscheinen und sich über die Unhöflichkeit, mit der er hierher zitiert worden war, beschweren. Aber er hatte mit allem gerechnet, nur nicht mit Jennifer. Wäre er nicht so erschrocken über ihre Anwesenheit gewesen, dann hätte es ihm ein Lächeln entlockt, sie hier sitzen und so voller Inbrunst auf den alten Mann einreden zu sehen. Unter dem oberflächlichen Schreck verbarg sich noch ein weiteres Gefühl. Er freute sich, sie zu sehen, obwohl sie sich im Streit getrennt hatten. Und da war noch etwas anderes. Ein Gefühl, über das er momentan lieber nicht genauer nachdenken wollte.

Jennifer redete immer noch, wusste eigentlich gar nicht genau, was sie hatte sagen wollen. Zufällig fiel ihr auf, dass sich Kulikows Interesse von ihr abgewendet hatte. Noch während sie weitersprach, folgten ihre Augen automatisch seiner Blickrichtung. »... es ist wirklich sehr wichtig für uns, dass ...« Philja! Automatisch streckten sich Jennifers Beine durch, und sie stand von ihrem Stuhl auf.

Mit überraschtem Ausdruck betrachtete Philja Jennifers Beine. Wow! Sie trug eine enge Jeanshose. War das die Jennifer, die er kennengelernt hatte?

Ein bedrückendes Schweigen erfüllte den Raum, und der alte Mann hinter dem Schreibtisch stand auf. Jennifer verstand kein Wort der kurzen Unterhaltung zwischen Philja und Kulikow. Während des Gesprächs ging Kulikow durch den Raum, an Philja vorbei und ließ die beiden einfach alleine. Kurz bevor er die Tür hinter sich zuzog, lächelte er Jennifer zu und nickte aufmunternd.

Jennifer versuchte sich von Philjas Anblick zu lösen. Er trug ebenfalls einen Anzug, der dem von diesem Kulikow gar nicht unähnlich war. Sogar eine Krawatte hatte er an. Und: Er war rasiert. »Was hat er gesagt?«, fragte sie schließlich, weil sie nicht wusste, was sie sonst sagen sollte.

Sich zur geschlossenen Tür umwendend, verkündete Philja: »Er meinte, wir sollen unseren Scheiß selbst auf die Reihe kriegen.«

»Ehrlich?«

»Na ja, nicht ganz wörtlich, aber im Prinzip …« Mit verschränkten Armen ließ Philja seine Schultern zucken. Wie bestellt und nicht abgeholt stand Jennifer immer noch vor der Sitzgelegenheit. Langsam schob Philja seine Hände in die Taschen seiner Anzughose. »Gehen wir in mein Büro?« Seine Stimme klang vorsichtig, versöhnlich.

Jetzt war es Jennifer, die mit den Schultern zuckte. »Warum nicht!«

Die Überraschung stand Jennifer ins Gesicht geschrieben, als sie Philjas Büro erreichten. Es war nicht viel kleiner als das von Kulikow persönlich, auch wenn es wesentlich moderner eingerichtet war. Philja schien in Kulikows Organisation ein hohes Tier zu sein. »Schön hast du es hier.« Zu mehr war Jennifer nicht fähig.

Während sie sich umsah, schloss Philja hinter ihr die Tür seines Büros und trat von hinten nah an sie heran. Als sie sein geflüstertes »Jennifer« hörte, geriet sie automatisch in Alarmbereitschaft. So anzüglich erregt hatte er ihren Namen noch niemals gesagt. Eigentlich hatte sie ihren Namen noch niemals so gehört. Der plötzliche Druck auf ihren Oberarmen ließ sie erkennen, dass er seine Hände auf sie gelegt hatte. Sein warmer Körper war ihrem ganz nah, und sie konnte den Hauch seines Atems in ihrem Haar spüren.

Philja war in diesem Moment mehr als nur durcheinander. Niemals hätte er damit gerechnet, dass ein Wiedersehen mit Jennifer ihn dermaßen aus der Bahn werfen würde. Sein Körper verzehrte sich nach ihr, und seine Gedanken kreisten längst nur noch um sie. Wie gerne wäre er noch länger ärgerlich auf sie gewesen. Doch schon kurz nach seiner Abreise aus Deutschland hatte er seinen überstürzten Aufbruch bereut.

Sie stand völlig erstarrt da, seit er sie berührt hatte. Langsam ließ er seine Hände über ihre Arme hinabgleiten. In Hüfthöhe wechselte er einfach seine Berührungspunkte und schlang seine Hände um ihre Hüfte. Ihr wackeliges Einatmen konnte er sehen und hören. Sie erschauderte bereits unter dieser Berührung? Wie sehr würde sie dann erst reagieren, wenn er ihre nackte Haut unter seinen Händen hätte? Automatisch wurde sein Griff um ihre Hüfte fester, und er presste sich von hinten an sie.

Mit eiserner Willenskraft versuchte Jennifer den muskulösen Körper zu ignorieren, der sie in Besitz zu nehmen drohte. Dennoch bewegte sie ihren Kopf automatisch in seine Richtung, um ihm noch näher zu sein. Ihre Bewegung wurde von Philja sofort begrüßt, indem er sein Kinn an ihre Stirn drückte und seine Arme endgültig um sie schlang. Wie gerne hätte sie sich zu ihm umgedreht und ihn ebenfalls so fest umschlungen.

Aber sie konnte es nicht. Erstens hätte sie sich niemals aus Philjas Klammergriff befreien können, zweitens war sie sich immer noch der Tatsache bewusst, dass dieser Mann eine Verlobte hatte. Was glaubte er eigentlich, dass er hier mit ihr tat? Was sollte das? Seine linke Hand hatte er inzwischen auf ihrem Bauch liegen, und er drückte sie damit derart fest an sich, dass Jennifer sich sicher war, sie spürte neben seiner harten Bauchmuskulatur noch andere harte Dinge. Obwohl es eigentlich an der Zeit war, lautstark gegen diese Intimitäten zu protestieren, konnte sie nur ein atemloses »Philja …« hauchen.

Wie auf Bestellung wanderte Philjas rechte Hand an ihre Wange und drehte ihr Gesicht noch ein Stück weiter zu sich. Willenlos ließ Jennifer sich alles gefallen, schloss aber ihre Augen. Ihre Gedärme schlugen bereits Purzelbäume, und ihrem Gehirn schien von dieser Art Sport bereits schwindelig zu sein. Langsam folgte sie dem zarten Druck seiner Finger und wusste, was sie erwartete. Obwohl sie seinen Kuss ersehnte, traf sie die zarte Berührung seiner Lippen erbarmungslos.

Inzwischen freute sich Jennifer, dass sich seine Hand so sicher auf ihrem Bauch befand. Ansonsten wäre sie wahrscheinlich in sich zusammengesackt wie eine Wachsfigur am Lagerfeuer. Mit einem Finger unter ihrem Kinn steuerte Philja immer noch ihre Bewegungen, während sein Kuss intensiver und leidenschaftlicher wurde. Jennifers Gedärme schienen sich beim wilden Purzelbäumeschlagen um ihr Herz gelegt zu haben. Jedenfalls pumpte dieses so verrückt, als müsste es gegen eine Umklammerung dieser Art ankommen. Und scheinbar wurde all ihr Blut in ihren Unterleib befördert, wo sich bereits eine wollüstige Hitze breitmachte.

Das war vielleicht ein Kuss! Nicht, dass sie in solchen Dingen viel Erfahrung gehabt hätte, aber sie konnte mit Sicherheit sagen, dass Philja über jede Menge Erfahrung verfügte, so, wie er sie küsste. Der ganze Kuss hatte nichts mehr mit den Küssen vor Michis Haustür zu tun. Obwohl der dritte dieser Küsse für Jennifer bereits in der Kategorie »Erotischster Kuss meines Lebens« nominiert worden war, übertraf das, was hier in Philjas Büro passierte, bei Weitem jede nur mögliche neue Definition. Es war unbeschreiblich schön.

Ihr Arm machte sich automatisch auf den Weg zu Philjas Haar. Mit einem Ruck drehte er sie zu sich herum und verschlang sie mit seinen Armen und seinen Küssen. Taumelnd ging Jennifer rückwärts und krachte gegen ein Regal, das an der Wand stand. Ohne Rücksicht auf Verluste drängte sich Philja an sie. Polternd fielen einige Gegenstände in dem Regal um, und etwas krachte auf den hölzernen Fußboden. Philja schenkte dem weiter keine Beachtung. Er war viel zu sehr damit beschäftigt, Jennifers Hals mit Küssen zu bedecken.

Neugierig schielte Jennifer zu dem Bild, das nun auf dem Boden lag. Ein eingerahmter Zeitungsartikel, wie sie feststellte. Das Foto zu dem Artikel zeigte Philja, der von einem Haufen Kindern umringt war. Erstarren ließ sie aber erst die Überschrift, die in englischer Sprache in großen Lettern verkündete: »Philipp Kulikow visited street children in St. Petersburg.« »Philipp Kulikow?«

Sofort hielt Philja inne und folgte Jennifers Blick auf den Boden. »Jennifer … lass es dir erklären …«

»Du bist Kulikow?«, kreischte Jennifer auf und schob Philja von sich weg. Dieser ging automatisch auf Abstand, weil er ihren Drang nach Freiraum in diesem Moment akzeptierte. Bevor sie fluchtartig das Büro verlassen würde, ging er gezielt weit von ihr weg, stellte sich aber in Richtung Ausgang, sodass sie an ihm vorbeimüsste, wenn sie abhauen wollte. Immer noch außer Atem und voller Leidenschaft, konnte Jennifer diese neue Information kaum verarbeiten. »Wer war der Mann, mit dem ich vorhin gesprochen habe?«

»Mein Vater.«

Mit lautem Schnaufen fuhr sich Jennifer mit beiden Händen durch ihr Haar. »Du bist … ich meine … du bist dieser Investor, der überall im großen Stil Grundstücke kauft? Du bist …«

»Reich, ja. Habe ich wohl anscheinend vergessen zu erwähnen …«

»Und ich blöde Kuh habe mir irgendwie eingebildet, wir wären gar nicht so verschieden, aber …«

»In einer Hinsicht sind wir gar nicht so verschieden.« Jennifer blieb still. »Wir haben im Grunde genommen dasselbe Ziel. Wir wünschen uns eine Familie.« Jennifers Blick wanderte ziellos umher, während sie seine Worte verdaute. Sie hörte Philjas Stimme kaum. »Und ich habe meine bereits gefunden«, sagte er auf Russisch.

Jennifer überhörte die genuschelten Worte. Sie hätte sie ohnehin nicht verstanden. »Ich … warum … du …«

»Jennifer, wenn ich dich frage, für wen machst du das alles? Was würdest du sagen?«

»Das alles?« Ihr Geduldsfaden war kurz davor zu reißen.

»Ja, einfach alles. Arbeiten gehen, putzen, kochen. Dein Leben leben eben. Da würde dir doch sofort eine Person einfallen, nicht wahr?«

Jennifer wusste nicht, warum Philja plötzlich das Thema änderte, ließ sich aber darauf ein. »Für Jonas.«

»Genau. Für Jonas.« Philja machte sich auf den Weg zu seinem Schreibtisch und betrachtete ein gerahmtes Bild, das mit dem Rücken zu Jennifer stand. »Ich habe auch einmal jemanden gehabt, für den es sich lohnte zu leben.« Philja blieb einen Moment still und wartete auf eine Nachfrage von Jennifer.

»Wie schön für dich!« Jennifers Kommentar fiel bissiger aus, als gewollt.

»Jennifer, darf ich …«

»Nein, du darfst nicht. Ich will deine verdammte Lebensgeschichte nicht hören. Du bist ein Lügner und … was … ein Multimillionär? Ich bin sicher, du hast ganz Schreckliches erlebt.« Das hatte gesessen. Jennifer war überaus zufrieden mit sich.

Philjas Gesicht zeigte ärgerliche Züge. Sie konnte sich nicht daran erinnern, ihn jemals schon so wütend gesehen zu haben. Allerdings bemühte er sich um Beherrschung. Seine Stimme klang dennoch kaltherzig. »Es ist kein Wunder, dass du Single bist. Du bist die verbittertste Person, die ich kenne. Und deshalb werde ich euch das Vereinsheim nicht überlassen. Die armen Kinder haben die liebloseste Trainerin der Gegend.« Philja bereute seine Worte sofort, als er sie ihr vor die

Füße gespuckt hatte. Es war gelogen gewesen, aber irgendwie war etwas mit ihm durchgegangen. So kannte er sich gar nicht. Wo war seine Beherrschung geblieben? »Jennifer…«

»Nein«, Jennifer hob abwehrend die Hand, »du hast recht.« Sie nickte geistesabwesend.

An der Art, wie sie die Lippen aufeinanderpresste, erkannte er, dass sie kurz davor war, in Tränen auszubrechen. Er wollte auf sie zugehen.

Jennifer bewegte sich rückwärts in Richtung Ausgang und rang sichtlich um ihre Fassung. »Es tut mir leid, dass ich deine Zeit unnötig in Anspruch genommen habe. Ich dachte tatsächlich, ich könnte die Leute in meinem Dorf mit einem Besuch hier davon überzeugen, dass ich nicht schuld daran bin, dass wir das Gebäude nicht bekommen. Aber wie es scheint, bin ich es doch.« Philja wollte etwas sagen, aber sie ließ es nicht so weit kommen. »Schon gut. Ich bin weg.« Hastig verließ sie das Büro und eilte durch die Gänge.

Draußen vor dem Gebäude lungerten immer noch einige gestylte Frauen herum. Fans von Herrn Kulikow junior wahrscheinlich, dachte sich Jennifer. Anscheinend war die Hoffnung noch nicht ganz aufgegeben worden, ihn doch noch persönlich anzutreffen. Jennifer spürte plötzlich eine Hand auf ihrem Rücken und drehte sich verwundert um.

Einer von Philjas Sicherheitskräften, der Kofferträger namens Alexej, hielt sie fest, während er sich mit der anderen Hand seinen Lautsprecher fester in die Ohrmuschel drückte. »У меня есть ее … да.« Er schien einen

Moment länger zu lauschen. Jennifer wurde ungeduldig. Sie hatte wirklich keine Lust, hier noch länger inmitten dieser hysterischen, aufgetakelten Weiber zu stehen. Der Mann sah ihr plötzlich direkt ins Gesicht und formulierte Wort für Wort langsam und deutlich. »Ich … bringe … Sie … in … Ihr … Hotel.«

Für Jennifer hatte es den Anschein, als ob Philja diese Worte direkt in das Ohr seines Mitarbeiters hauchte. »Nein, danke!« Sie wollte sich aus der Hand befreien, die immer noch wie eine Kneifzange an ihrer Schulter drückte. Der Mann murmelte wieder etwas auf Russisch, ließ aber nicht locker. Auf der Straße rollte der große Wagen heran, der Jennifer bereits am Flughafen erwartet hatte. »Get into the car!« Jennifer fühlte, wie der Mann sie in Richtung des Autos drückte, und leistete keinen Widerstand. Sie fühlte sich so, wie sich eine verhaftete Person fühlen musste. Andererseits war wahrscheinlich auch noch ihr Gepäck im Kofferraum des Wagens. Sie würde sowieso mitfahren müssen.

Ein anderer Mann sprang zur Autotür, um sie zu öffnen, und der Mann hinter Jennifer drückte sie in den Wagen. Dabei führte er ihren Kopf, damit sie sich diesen nicht anstieß. Mit einem entschlossenen Blick ins Wageninnere bewegte er Jennifer dazu, auf der Sitzbank auch für ihn Platz zu machen. Sobald er die Tür geschlossen hatte, fragte er: »Which hotel?« Jennifer nannte ihm den Namen. Der Mann klopfte an die Trennwand zur Fahrerkabine. Diese ging einen Spaltbreit auf. Das Ziel wurde genannt, und die Wand schloss sich wieder.

Während der ganzen Fahrt musterte der Mann vom Sicherheitsdienst Jennifer aufmerksam. Manchmal schien ein leichtes Lächeln einen Weg zu seinen Lippen zu finden. Jennifer starrte genervt in die Nacht hinaus. Sie konnte nicht wissen, dass dieser Mann sie bereits einmal gesehen hatte. Als er in Philjas Begleitung ihrem Training zugesehen hatte. In diesem Moment fragte er sich verwundert, was zwischen dieser Frau und seinem Chef vorgefallen war.

Auf diese Frage hätte nicht einmal Jennifer selbst eine Antwort gehabt. Nur eines wusste sie mit Sicherheit. Sie hatte alles nur noch schlimmer gemacht. Jetzt war klar, dass das Vereinsheim gestorben war, ebenso wie ihre falsche Erkenntnis, dass sie ihre Gefühle gegenüber Philja einfach vergessen würde. Sie wusste nun, dass sie sehr viel mehr für ihn empfand, als sie jemals zugeben würde. Leider machte das ihre Situation nicht einfacher. Sie konnte sich ihm nicht einfach an den Hals werfen, jetzt, da sie wusste, wer er wirklich war. Wie sah das denn aus? Konnte sie nicht einfach einen ganz normalen Mann kennenlernen? Mussten es immer Superhelden oder Millionäre sein?

Es wäre am besten, so schnell wie möglich nach Hause zurückzufahren. Leider überwachte ihr Begleiter sie so lange, bis sie im Hotel eingecheckt hatte. Offensichtlich hatte er ebenfalls dafür gesorgt, dass sie ein anderes Zimmer bekam. Schließlich hätte Jennifer sich wohl daran erinnert, wenn sie eine Suite gebucht hätte. Sie wollte das alles nicht.

Deshalb öffnete sie gar nicht erst ihren Koffer,

sondern machte sich sofort wieder daran, das Hotel zu verlassen. An der Rezeption meldete sie sich gezielt bei einem ihr unbekannten Mitarbeiter ab. Sie hatte irgendwie das Gefühl, dass Alexej sich beim Einchecken ziemlich lang mit dem anderen Mitarbeiter unterhalten hatte. Irgendwie wurde sie das Gefühl nicht los, dass die Informationen über ihre Abreise ansonsten sofort an ihn weitergegeben werden würden. Glücklicherweise war besagter Mitarbeiter gerade nicht da. Die Abmeldung war schnell erledigt, und vor dem Hotel standen einige Taxis. Ihr Besuch in Moskau war wirklich überaus kurz und wenig effektiv gewesen.

Zurück in der Heimat, ignorierte sie den Wunsch, Erkundigungen über Philipp Kulikow einzuholen. Das würde ihr auch nicht viel bringen. Wenigstens wurde eine Sache geklärt. Marius hatte bei ihrer Reise so ein mieses Bauchgefühl, dass er seinen Studienkollegen vor Ort gebeten hatte, Herrn Kulikow über Jennifers Anreise zu informieren, was dieser auch getan hatte. Allerdings hatte er dem falschen Kulikow Bescheid gesagt. Jennifer behielt ihre Informationen über Philja jedoch für sich. Das Dorf wäre in helle Aufregung verfallen, wenn man sich über seine Identität bewusst geworden wäre. Noch dazu wäre dann ihre Verfehlung noch schlimmer ausgefallen. Sie hatte nicht einfach einen Mitarbeiter Kulikows zum Teufel gejagt, sondern Philipp Kulikow höchstpersönlich.

Dennoch erreichte die Ablehnung ihr gegenüber einen neuen Höhepunkt, als die Abrissarbeiten an dem alten Bahnhofsgebäude ohne Vorwarnung von einem Tag auf den anderen begannen. Da half es auch nichts, dass einige Leute im Dorf Mitleid mit ihr hatten, seit bekannt geworden war, dass Marius Jonas' Vater war.

Die Nachricht vom Abriss hatte sich wie ein Lauffeuer in dem Ort verbreitet, und Jennifer konnte und wollte sich den Anblick nicht ersparen. Eine Traube von Menschen aus dem Ort hatte sich bereits ungläubig vor dem Bauzaun versammelt, um das unwiderrufliche Spektakel zu beobachten. Mit unsicheren Schritten ging Jennifer auf die Leute aus dem Dorf zu und schluckte schwer. Obwohl sie von ganz alleine allen Grund hatte, selbst traurig zu sein, trafen sie die anschuldigenden Blicke zutiefst. Sollte sie für immer der Dorfsündenbock sein?

Der riesige Bagger erhob seine Schaufel und hieb mit einem ohrenbetäubenden Lärm auf das Gebäude ein. Sofort wurde ein riesiges Loch hineingerissen. Hier wurde soeben der Traum ihres Vaters zerstört, und es gab nichts, was sie hätte dagegen tun können. Nun hatte Jennifer die Gruppe am Bauzaun erreicht und verschränkte die Arme. Der aufgewirbelte Staub aus dem alten Haus erreichte die Gruppe und löste bei dem ein oder anderen einen Hustenreiz aus.

Jennifer hing ihren eigenen Gedanken nach. Einerseits war sie sich sicher, dass sie sich so gut es ihr eben möglich gewesen war, für den Erhalt dieses Hauses eingesetzt hatte. Andererseits war sie ebenso froh darüber, dass ihrem Vater der Anblick der Abrissarbeiten erspart geblieben war.

Ein Tuscheln aus der Gruppe von Dorfmitgliedern ließ sie in die Realität zurückkehren. Ganz leise hatten sich die gehauchten Worte in ihr Ohr geschlichen: »… jetzt steht sie da und schaut traurig. Dass die sich überhaupt hierher traut.« Es reicht! Irgendwann ist das Maß voll, dachte sich Jennifer.

Ihre Stimme war laut und klar, als sie gegen den Baulärm ankämpfend in die Gruppe brüllte: »Ihr braucht euch nicht länger über mich aufzuregen. Es ist genauso, wie ihr alle gesagt habt. Ich bin schuld. Wie es scheint, will Herr Kulikow uns das Gebäude nicht überlassen, weil ich so bin, wie ich bin. Deshalb werde ich mich ab sofort aus dem Verein zurückziehen. Macht eure Sache in Zukunft alleine!«

Mit diesen Worten wendete sich Jennifer ab und verließ die Gruppe. Einige Ortsbewohner blickten ihr sprachlos mit offenen Mündern hinterher.

Jennifer hielt Wort. Sie kündigte umgehend ihre Mitgliedschaft und ließ sich auch von Marius nicht dazu überreden, dem Verein zumindest passiv erhalten zu bleiben.

Die Tage zogen ins Land. Das Gebäude war schnell dem Erdboden gleichgemacht. Seine Existenz konnte nur noch die erdige Fläche mit den Baggerspuren bezeugen, die zurückgeblieben war.

Jennifer konzentrierte sich auf die Dinge im Leben, die ihr Freude bereiteten. Sie ging ihrer Arbeit in dem Kindergarten nach, kümmerte sich um ihren Sohn, pflegte die zarten Bande zur Nachbarsfamilie und widmete sich ihrem eigentlichen Hobby, dem Malen.

Als sie eines Nachmittags wieder im Wintergarten saß und behutsam den Pinsel über die Leinwand führte, klingelte es an der Haustür.

Jennifer öffnete und erstarrte, immer noch mit dem Pinsel in der Hand. Vor ihr, unterhalb der wenigen Stufen zum Eingang, standen Kinder. Sie blickte in die Gesichter von Luis, Lukas, Tobias, Lena und den anderen Kindern aus ihrer Fußballmannschaft. »Was ist denn los? Solltet ihr nicht im Training sein?«

Lukas fand als Erster seine Stimme wieder. »Wir wollen mit dem Fußball aufhören.«

»Aber …«

»Uns macht das Training keinen Spaß, wenn du nicht da bist«, hauchte die kleine Lena.

Jennifer fuhr ein Schauer durch den Körper. Die Kinder vermissten sie? »Ich dachte, ihr freut euch, wenn ihr mich endlich los seid.« Sie presste die Lippen aufeinander und wusste nicht, wie sie weiter vorgehen sollte.

»Du musst ja nicht immer so schreien.« Die Kinder kicherten, und Jennifer wurde es warm ums Herz. Dennoch würde sie sich von ihrem Entschluss nicht abbringen lassen.

»Tut mir leid, aber ich möchte keine Fußballtrainerin mehr sein. Ich möchte Dinge tun, die mir mehr Spaß machen.« Die traurigen Gesichter vor ihr ließen Jennifer beinahe einknicken.

»Was macht dir denn Spaß?« Tobias sah sie fragend an.

»Na ja, ich male gerne.«

»Oh, ich male auch gerne«, freute sich Lena, klatschte in die Hände und hüpfte dabei auf und ab.

Jennifer entschied, die Kinder in ihr Haus zu bitten, und zeigte ihnen kurzerhand ihre aktuelle Arbeit im Wintergarten. »Wenn ich groß bin, will ich auch so schön malen können wie du«, schwärmte Lena.

Da kam Jennifer die Idee. »Wisst ihr was? Ihr versprecht mir, dass ihr weiterhin fleißig ins Training geht, und ich lade euch dafür einmal in der Woche zu mir zum gemeinsamen Malen ein. Was haltet ihr davon?« Einige der Gesichter sahen nicht begeistert aus, aber mit dem Anteil, der zufrieden grinste, war der Wintergarten sowieso gut voll. Jennifer verabschiedete sich von der Truppe. Sie war immer noch zutiefst gerührt von deren Erscheinen. Nie im Leben hätte sie gedacht, dass sie bei den Kindern einen bleibenden Eindruck hinterlassen hatte. Zumindest nicht im positiven Sinne.

Die wöchentliche Malgruppe etablierte sich schnell, und nach kurzer Zeit war bereits die Idee zu einer kleinen Ausstellung in der Gemeindeverwaltung geboren. Jennifer und die Kinder rannten dort offene Türen ein. Die Menschen im Dorf verhielten sich anders ihr gegenüber. Beinahe schien es so, als hätten ihr Ausbruch und ihr Schuldeingeständnis die Leute dazu veranlasst, nicht weiter über sie zu reden. Im Gegenteil: Es kam ihr so vor, als würde sie mit mehr Respekt behandelt werden.

Kapitel 14

An dem Tag, als die Gemäldeausstellung in der Gemeindeverwaltung eröffnet wurde, fand eine Art Dorffest auf dem Dorfplatz statt. Jennifer hatte sich für diesen Tag als Ausstellungseröffnungstag eingesetzt, da dies ein Garant für eine gut frequentierte Veranstaltung sein würde. Dabei dachte sie weniger an ihre eigenen Gemälde, sondern mehr an die Produkte der Kinder. Es waren viele farbenprächtige Bilder entstanden, auf die die Kinder wirklich stolz sein konnten. Jennifer hatte sich zu diesem Anlass ein Dirndl gekauft. Auch wenn sie sich jahrelang erfolgreich gegen die Tracht gewehrt hatte, war ihr auf einmal der Sinn danach gewesen.

Das Fest war in vollem Gange. Während sich Jennifer im Inneren des Gemeindehauses aufhielt und die Ausstellung betreute, konnte sie durch die geöffneten Fenster die Geräusche des Festes hören. Der allgemeine Geräuschpegel von sich unterhaltenden Gästen wurde durch das lautstarke Getöse der Blaskapelle unterstützt. Das Wetter war ungewöhnlich warm an diesem Herbsttag, und die Gäste drängten sich unter den beschatteten Plätzen der vielen Sonnenschirme.

Immer wieder warf Jennifer neugierige Blicke aus den geöffneten Fenstern, um das ausgelassene Treiben an den Biertischen zu beobachten. Das ganze Dorf schien an diesem Tag auf den Beinen zu sein. Jonas vertrieb sich die Zeit mit seinen Freunden, schaute aber immer wieder bei seiner Mutter in der Ausstellung vorbei. Dabei entging es Jennifer nicht, dass sein Blick jedes Mal auf das fertiggestellte Ölgemälde von seinem Opa und ihm fiel.

Jonas war gerade wieder davongesprungen, um sich noch etwas zu trinken zu kaufen, als der Bürgermeister höchstpersönlich den Raum betrat. Sein dicker Bierbauch hing schon mehr über der Lederhose, als dass er darin verschwand. Freudestrahlend ging er auf Jennifer zu und streckte ihr seine beiden Hände entgegen, als wollte er ihr zu der gelungenen Ausstellung gratulieren. Instinktiv reichte Jennifer ihm ihre Hände, und der Bürgermeister ergriff diese sofort. Während er sprach, betonte er jedes seiner Worte mit einem kräftigen Händeschütteln. »Dein lieber Herr Papa wäre so stolz auf dich.«

»Ach was, na ja … danke.« Jennifer konnte nicht ganz verstehen, warum der Herr Bürgermeister so überdreht war. Schließlich hatte er die Bilder schon vor allen anderen gesehen.

»Dass die Reise nach Moskau doch noch etwas bewirkt hat. Einfach wunderbar.« Mit einem Fragezeichen im Gesicht begriff Jennifer nun nichts mehr. Aber die gut verdrängte Aufregung, die sie in Zusammenhang mit einem gewissen Philipp Kulikow immer beschlich, war auf einmal sehr präsent. Jetzt zwinkerte der Bürgermeister frech grinsend. »Du hättest ja ruhig mal sagen können, dass unser Philja in Wirklichkeit Phillip Kulikow ist.« Unser Philja? Hätte der Bürgermeister nicht immer noch ihre Hände in seinem Klammergriff gehabt, dann hätte sich Jennifer gerne selbst gezwickt. Erst recht, als Philja im nächsten Moment höchstpersönlich im Eingang des Ausstellungsraumes erschien. Mit seinen typisch zusammengepressten Lippen ging er, ansonsten ganz entspannt, auf Jennifer und den Bürgermeister zu.

Philja hatte Jennifer schon ab dem Moment beobachtet, als der Bürgermeister zu ihr in den Raum gegangen war. Sie sah einfach wunderschön aus in dieser bayerischen Tracht. Ihre Figur wurde dadurch so vorteilhaft betont, dass er sich regelrecht um Entspannung bemühen musste, als er sich dazu entschloss, Jennifer aus den Klauen des Bürgermeisters zu retten. Seine Anspannung kam aber nicht nur durch Jennifers Dirndl. Wieder hatten sie sich im Streit getrennt und diesmal war er es, der sich bei Jennifer würde entschuldigen müssen. Für die bösen Worte, die er ihr gesagt, und für die Lügen, die er ihr aufgetischt hatte. Seine Hände vergrub er in den Taschen seiner Sommershorts, und er hoffte inständig, dass ihm niemand anmerkte, wie nervös er war.

Der Bürgermeister reagierte lockerer auf Philjas Erscheinung als Jennifer. Mit Schwung ließ der Bürgermeister ihre Hände endlich los, und Jennifer taumelte tatsächlich rückwärts. Schwindelig fühlte sie, wie ihr das Blut aus dem Gesicht wich. Der vorsichtige Blick, mit dem Philja sie bedachte, machte die Situation auch nicht angenehmer für sie. »Philja. Kommen Sie schon herein, und sehen Sie, was für eine Künstlerin unsere Jenni ist.« Unsere Jenni? Das wird ja immer besser, dachte sich Jennifer.

»Wenn ich darf?« Obwohl diese vorsichtige Frage eindeutig an Jennifer adressiert war, ging der Bürgermeister auf Philja zu und stieß ihn mit einem kräftigen Klaps zwischen die Schulterblätter in den Raum. »Natürlich dürfen Sie!« Mit diesen Worten bekräftigte er den Klaps. Jennifer wich Philjas Blick nun ganz aus. Wieder einmal stand sie völlig erstarrt in seiner Anwesenheit da und wusste nicht, ob sie nun fluchtartig den Raum durch die Tür verlassen sollte oder doch den kürzeren Weg durch das offene Fenster nehmen sollte. Eine elegante Flugrolle, dann könnte sie das vielleicht hinbekommen.

Weil Philja bemerkte, wie Jennifers Blick zwischen Tür und Fenster hin- und herhuschte, trat er nun doch ein Stück näher an sie heran. In diesem Moment wurde der Bürgermeister von draußen gerufen und machte sich sogleich davon. Philja sah dem Bürgermeister eine Weile nach, drehte sich dann aber wieder zu Jennifer um. Jetzt war er alleine mit ihr und musste die Situation sofort ausnutzen. »Ich bin ein ungebetener Gast, ich weiß.«

»Was heißt das? Meine Reise nach Moskau war nicht umsonst …«

Philja versuchte wieder, Jennifers Blick aufzufangen, aber sie hatte einen Punkt irgendwo am Boden fixiert. »Darf ich mich bei dir entschuldigen, für alles, was ich gesagt und/oder getan habe, das dich verletzt hat.«

»Was meinte der Bürgermeister?«

186

Jetzt sah sie ihm auf einmal direkt ins Gesicht, und er war von der Härte in ihrem Blick überrascht. Dennoch, dieser Blick war ihm nicht unbekannt, und er hatte nicht vor aufzugeben. »Darüber reden wir noch. Ich möchte erst …«

»Philja!« Mit einem entzückten Aufschrei sprang Jonas in den Raum. Dabei verschüttete er fast die Flasche Limonade, die er sich gekauft hatte.

Sofort wendete sich Philja dem Neuankömmling zu und breitete seine Arme aus. Diese Einladung nahm Jonas gerne an, und obwohl er dabei tatsächlich einen Teil seiner Limonade über Philjas T-Shirt ergoss, konnte Jennifer die eindeutige Freude auf den Gesichtern der beiden ausmachen. Diese Lachfältchen waren einfach zu viel für sie. Er sah so sympathisch aus, wenn die Haut um seine Augen dieses Spiel vollführte. »Na du Großer! Erzähl, wie geht es dir?«

Der anschließende aufgeregte Wortschwall aus Jonas' Mund schien kein Ende zu nehmen. Da ihre Wahrnehmung völlig selektiert zu sein schien, konnte Jennifer nur Philja beobachten, der interessiert den hektischen Ausführungen folgte. Er ist tatsächlich hier, dachte sich Jennifer. Was wollte er hier?

Irgendwann zog Jonas plötzlich an Philjas Hand. »Komm, ich zeig dir mein Bild.« Die Ausstellung befand sich in zwei Räumen, die gegenüberliegend vom Gang getrennt waren. Trotz kurzem Blickwechsel mit Jennifer ging Philja sofort mit Jonas mit. Wie angewurzelt war Jennifer immer noch nicht in der Lage, sich zu bewegen. Durch die offenen Türen konnte sie Philja und Jonas dennoch in dem anderen Raum beobachten. Deren Gespräch schien immer noch rege zu sein, obwohl Jennifer kein Wort mehr verstehen konnte. Ihr Blick auf die beiden wurde plötzlich durch eine Person eingeschränkt, die das Gebäude der Gemeindeverwaltung betreten hatte.

Die langbeinige Frau in dem wunderschönen eng anliegenden Sommerkleid sah zuerst kurz in Jennifers Raum. Offensichtlich suchte sie jemanden. Als ihr Blick in das gegenüberliegende Zimmer fiel, ging sie zielstrebig los. Philja, der sich immer noch angeregt mit Jonas unterhielt, bemerkte die Frau erst, als diese ihre Arme von hinten um ihn schlang und ihm irgendetwas mit einem Lächeln ins Ohr säuselte. Die Verlobte! Schlagartig schienen sich die Wände auf Jennifer zuzubewegen. Das Schlimmste war allerdings nicht dieser Eindruck. Viel schlimmer war, dass Philja sein Gesicht der Frau zuwendete und diese ihm einen Kuss auf die Backe hauchte. Philjas Lächeln wurde breiter, und dann … ja dann traf sein Blick plötzlich Jennifers, und ihr kam es so vor, als würde sie durch die Wucht dieses Blickes rückwärts durch das offene Fenster katapultiert werden.

Im Nachhinein konnte Jennifer nicht mehr sagen, wie sie es geschafft hatte, mit aufrechtem Gang das Gebäude zu verlassen. Ganz dunkel erinnerte sie sich, dass sie zu Jonas irgendetwas gesagt hatte, von wegen, sie habe jetzt auch Durst und müsse sich etwas zu trinken holen.

In Wahrheit verschanzte sie sich an einer Stelle, von der aus sie den Eingang zum Gebäude gut im Blick hatte. Erst als Philja mit dieser Frau aus dem Gemeindehaus verschwunden war, huschte sie wieder ins Innere und widmete sich der Ausstellung. Konzentrieren konnte sie sich freilich nicht mehr auf die Gemälde.

Gerade als sie ihr aufgewühltes Innerstes einigermaßen unter Kontrolle hatte, bemerkte sie, dass Philja zurückgekehrt war. Wie lange er schon hinter ihr im Raum stand, würde sie wohl nie erfahren.

Reiß dich gefälligst zusammen, schalt Jennifer sich selbst. Mit größter Überwindung brachte sie folgende Worte hervor. »Deine Verlobte ist hübsch.«

Beinahe hätte Philja geschmunzelt, aber er war sich über Jennifers Gefühlszustand im Klaren. Jedenfalls hatte er vorhin einen eindeutigen Eindruck davon bekommen, als ihre Blicke sich getroffen hatten. Er würde ihre Gefühle nicht ins Lächerliche ziehen und blieb ernst. Es war an der Zeit, die letzte verbliebene Lüge aufzulösen. Auch wenn er sich hier keiner Schuld bewusst war. Schließlich hatte er Jennifer gegenüber nie diese Ausrede benützt.

»Sie ist nicht meine Verlobte. Genau genommen habe ich gar keine Verlobte. Das ist lediglich eine Notlüge, um mir unerwünschte Kontaktversuche vom Hals zu halten.« Obwohl diese Aussage Jennifers Herz erwärmte, konnte sie Philja nicht so recht glauben. Wie gerne wollte sie ihm glauben, ihm um den Hals fallen und ihn küssen. Wenn es nur so einfach wäre!

»So benimmt sich doch keine Schwester?«

Philja legte den Kopf schief, und nun schlich sich doch ein leichtes Lächeln auf sein Gesicht. Gerne bestätigte er Jennifers Befürchtung: »Nein, so verhält sich keine Schwester.« Na also! Frustriert verschränkte Jennifer ihre Arme, als Philja ergänzte: »Ich habe sie darum gebeten …«

Immer noch war da dieses leichte Lächeln auf seinen Lippen und dieser Blick, bei dem Jennifer eigentlich nie wieder weich werden wollte. »Ist das wieder eine deiner merkwürdigen Hellseher-Geschichten?«

»Nein! Da würde ich mir schon was Besseres einfallen lassen. Mir ist schon klar, dass es mehr braucht, um dich zu beeindrucken.«

Warum lächelte der Typ immer noch? Es fehlte nicht viel, und Jennifer würde deswegen ausrasten. »Also … du hast sie darum gebeten?«

»Richtig.«

»Und was …?«

Mit einem großen Schritt kam Philja auf Jennifer zu, und ehe sie sichs versah, hatte er sie samt ihren verschränkten Armen fest im Griff. Sein gesenkter Blick fing ihren ein. »Ich musste es einfach wissen, verstehst du das?«

Immer noch bockig blaffte Jennifer zurück: »Was wissen?«

Zärtlich zog Philja mit einem Finger an Jennifers Kinn und zwang sie, ihn anzusehen. »Ich musste wissen, ob du mich liebst.«

Obwohl Jennifer bei Philjas Worten so aufgeregt wurde, dass der innere Druck kaum noch auszuhalten war, hielt sie motzend dagegen. »Und zu welchem Ergebnis bist du gekommen?«

Philja packte Jennifer beinahe etwas grob und schüttelte sie durch. »Jennifer, du liebst mich! Ich habe den Schmerz in deinen Augen gesehen, als meine Schwester auf der Bildfläche erschienen ist.«

Was ist denn das für eine Liebeserklärung, dachte sich Jennifer. Er sagt mir, dass ich ihn liebe? Das kreischende Individuum, das noch irgendwo in ihr wohnte und sich hartnäckig weigerte, auf ewig in der Versenkung zu verschwinden, gewann die Oberhand. »Du bist das größte Arschloch, das ich je getroffen habe!« Überrascht ließ Philja sie los, und Jennifer nutzte diese Gelegenheit sofort, um davonzustürmen.

Philja fuhr sich erst mit einer Hand durchs Haar und anschließend erstaunt über seinen Mund, wobei er sich abschließend am Kinn zupfte. Verzweifelt auflachend wunderte er sich über diese Reaktion und sah sich um, ob irgendjemand dieses Spektakel mitbekommen hatte. Es war nicht zu fassen. Jennifer Beck war die einzige Frau in seinem Leben, die ihn nicht mehr mochte, seit sie von seinem Reichtum erfahren hatte. Normalerweise liefen die Frauen nicht vor ihm davon. Dann entschied er sich spontan, auf Angriff zu gehen. Mit großen Schritten hechtete er Jennifer hinterher.

Als er sie einholte und sie am Arm festhielt, blieb sie sofort stehen. Obwohl sie sich mitten im Partygetümmel befanden, hatte er damit nicht gerechnet. Auch mit den Tränen, die ihr über die Wange liefen nicht. »Jennifer…«

»Was willst du?« Ihre Stimme war inzwischen wieder nicht mehr als ein kraftloses Hauchen. Sie sah so verzweifelt und zerbrechlich aus. Ganz anders, als er sie kennengelernt hatte. Von der zurückgezogenen Frau, die sich hinter einer Furie versteckt hatte, war nicht mehr viel übrig. Jedenfalls konnte er die Furie nicht mehr sehen, und was er stattdessen sah, raubte ihm seinen Verstand und den Atem.

Nach Luft schnappend, sah er sie eindringlich an und versuchte, all seine Gefühle für Jennifer in seine Worte zu legen. »Ich möchte dich kennenlernen, die Frau, die sich vor dem Rest der Welt versteckt.«

Mit geschlossenen Augen fand Jennifer zu ihrer harten Äußerung zurück. »Du weißt alles über mich. Du kennst meine dunkelste Seite, all meine Geheimnisse.«

»Ja, Herrgott! Siehst du mich davonlaufen? Ich bin immer noch da.« Von seinem aufbrausenden Worten, die sanft endeten, war Jennifer überrascht.

Völlig perplex antwortete sie und sah Philja dabei direkt in die Augen. »Ja, du bist immer noch da …« All ihre heimlichen Gedanken fielen über sie her. Die insgeheimen Vorwürfe, die sie sich nach ihrem Aufbruch aus Moskau gemacht hatte. Philja hatte ihr etwas von sich erzählen wollen, und sie hatte ihn mehr als unhöflich abgeblockt. Dabei war er es gewesen, der sich die Mühe gemacht hatte, hinter ihre Fassade zu sehen. Mit bewusstem Schlucken bereitete Jennifer eine Entschuldigung vor. »Du warst mir ein Freund, und ich habe dich nicht zu schätzen gewusst. Es tut mir ehrlich leid …« Philja wollte etwas sagen, aber Jennifer bedeutete ihm mit einer Geste, dass sie noch nicht fertig sei.

»Ich werde mich bemühen, dir in Zukunft eine bessere Freundin zu sein. Wir sollten unsere Freundschaft nie wieder unüberlegt aufs Spiel setzen.«

»Freundschaft!« Entsetzt spuckte Philja dieses Wort aus, und seine Abneigung war deutlich zu spüren. »Ich will keine Freundschaft.«

Urplötzlich begriff Jennifer. Philja war nur gekommen, um sich für immer von ihr zu verabschieden. Er war nicht daran interessiert, sich noch länger mit ihr zu beschäftigen. Es war ihm zu kompliziert, und sie konnte es ihm nicht übel nehmen. »Oh … okay … ich verstehe. Das habe ich dann wohl verdient.« Jennifer wendete sich ab. Philja rief ihr noch nach. Der Klang seiner Stimme war versöhnlich, aber Jennifer bemerkte dies nicht. Sie beschleunigte ihren Schritt noch mehr und kehrte in die Ausstellungsräume zurück. Obwohl Philja mehrmals ihren Namen rief, kam er ihr nicht noch einmal nach.

Müde und erschöpft kehrte Jennifer an diesem Abend mit Jonas zurück nach Hause. Sie wusste nicht, wohin Philja verschwunden war, und sie hatte auch keine Ahnung, wo er übernachten würde. Sie wusste nur, dass er nicht bei ihr schlief. Und schon gar nicht würde er mit ihr schlafen. Das war alles. Jonas war den ganzen Abend noch sehr aufgeregt und löcherte Jennifer mit so vielen Fragen zu Philja, auf die Jennifer keine Antworten parat hatte. Mal wieder gab es Fragen zu einem wichtigen Mann in Jonas' Leben, und mal wieder hatte Jennifer keine guten Antworten parat.

Sie war nicht böse, als Jonas endlich ins Bett gegangen war. Unfähig, sich mit irgendetwas zu beschäftigen, saß sie in gemütlicher Bekleidung auf ihrer Couch im Wohnzimmer, hatte ihre Füße auf dem Couchtisch aufgestützt und sinnierte ins Leere starrend vor sich hin. Bis ihr Telefon klingelte. Den tragbaren Apparat hatte sie sofort gefunden, und während sie den Anruf annahm, ließ sie sich wieder auf die Couch plumpsen. »Ja?« Keine Antwort, nur ein leises Kichern. »Wer ist da?«

»Ich bin es, Jennifer. Bitte leg nicht auf.« Philja war am Apparat.

»Warum hast du gelacht?« Oh weh. Sie klang schon wieder viel zu hysterisch und versuchte, einmal tief durchzuatmen.

»Du hast dich nicht mit deinem Namen gemeldet.«

Automatisch schlossen sich Jennifers Augen, und leicht lächelnd stieß sie Luft aus der Nase. »Richtig«, gab sie zu und musste an den Tag denken, als sie mit Jonas und Philja bereits eine Diskussion zu diesem Thema gehabt hatte.

»Aber das ist nicht schlimm. Ich bin genau da gelandet, wo ich anrufen wollte.« Seine Stimme klang so merkwürdig. Ob er genauso aufgeregt war wie Jennifer?

Philja war höllisch aufgeregt. So aufgeregt, dass er einem Anruf den Vorzug gegeben hatte. Normalerweise war er ein Mensch, der wichtige Dinge lieber persönlich besprach, aber in diesem Fall war er zu feige. Sollte sie diesen zweiten Anlauf auch abschmettern, dann würde er sich für immer aus Jennifers Leben zurückziehen. »Jennifer?«

194

»Ja?« Der Klang ihrer Stimme verriet ihm immerhin so viel. Sie war nicht hysterisch oder aggressiv, eher abwartend. Vielleicht tat es ihr auch gut, dass er nicht persönlich vor ihr stand. »Heute habe ich zu dir gesagt, dass ich an einer Freundschaft mit dir nicht interessiert bin. Das war gelogen. Ich würde sehr gerne mit dir befreundet sein.« Sein Herz klopfte ihm unangenehm in der Brust, während er auf ihre Reaktion wartete. Ihre Überraschung war nicht zu überhören. »Oh, okay. Gut!«

»Aber bevor wir weiter darüber reden, möchte ich dir etwas über mich erzählen.« Es blieb still in der Leitung, und Philja fragte: »Hast du dich eigentlich über mich erkundigt, als du wusstest, wer ich bin?«

»Du meinst, weil du ein Millionär bist?«

»Milliardär«, berichtigte Philja und hörte, wie Jennifer nach Luft schnappte. In diesem Moment war er sich allerdings absolut sicher, dass sie nicht im Internet recherchiert hatte. »Du weißt nichts über mich?«

»Na ja, ich weiß, dass du ein verkannter Hellseher bist.«

»Damit weißt du mehr als manch anderer«, sagte Philja mit einem Lächeln und wurde dann urplötzlich ernst. »Hast du dich nie gefragt, warum ich auf den Brief eines Jungen reagiert habe und deswegen von Moskau nach Lindendorf gekommen bin?«

»Du sagtest, du seist in der Nähe gewesen.«

»Das war gelogen. Ich bin wegen Jonas gekommen … sein Brief hat mich zu einem Zeitpunkt erreicht, als ich gerade … eine schwierige Zeit durchgemacht habe.« Obwohl Philja eine Pause machte und Jennifer damit die Gelegenheit gab, sich zu äußern, wartete diese gespannt ab. »Der Brief erreichte mich … er erreichte mich genau am Todestag meines Sohnes.«

»Philja! Oh Gott!«

In diesem Moment wünschte sich Jennifer, ein schwarzes Loch würde sie verschlingen. Es war nicht nur so, dass Philja einen Sohn hatte. Nein, er hatte einen Sohn, der bereits verstorben war, und sie hatte in Moskau ganz grässliche Dinge zu ihm gesagt. Bevor Jennifer die Gelegenheit hatte, eine angemessene Entschuldigung zu formulieren, sprach Philja weiter. »Mein Sohn … Jurij … wäre dieses Jahr ebenfalls elf Jahre alt geworden. Leider hat er das nicht mehr geschafft. Er … er hatte Leukämie und starb mit sechs Jahren.«

Jennifer hielt sich die Hand vor den Mund. Obwohl es so viel zu sagen gab, war sie sprachlos. Das alles tat ihr so unendlich leid. Wenigstens konnte sie nun verstehen, warum ein viel beschäftigter Geschäftsmann wie Philja einfach so wegen eines kleinen unbedeutenden Bahnhofgebäudes angereist war. Diese Frage hatte sich ihr immer wieder aufgedrängt, seit sie Moskau verlassen hatte. Außerdem wurde ihr auch klar, warum Philja die Aufklärung der Vaterschaft in seine Hände genommen hatte. Er war selbst Vater, und wie gerne hätte er seinen Sohn jetzt noch.

Philjas leise Stimme brach das Schweigen: »Keine Angst, Jennifer. Mir ist klar, dass Jonas nicht mein Junge ist und niemals sein wird. Ich will auch gar keinen Ersatz für Jurij. Ich wollte einfach einem Jungen einen Gefallen tun, in der Hoffnung, dass mein Jurij das spürt.«

»Natürlich spürt er das«, presste Jennifer gerührt hervor, und ihre Lippen zitterten.

Philja rang hörbar um Fassung und versuchte weiterzusprechen. »Jennifer …«

Weil seine Stimme brach, begann Jennifer zu weinen. Ein bekanntes Geräusch von draußen ließ sie jedoch innehalten. »Da ist jemand … draußen … auf der Außentreppe zum Balkon«, flüsterte sie ganz leise, als ob sie im Garten zu hören wäre. Der Klang der metallenen Stufen war kaum zu überhören. Jemand kam nach oben. »Philja? Da ist jemand.« Eine dunkle Gestalt erschien auf dem Balkon. »Da … ist … jemand auf meinem Balkon.« Das Licht aus dem Wohnzimmer erhellte den Balkon nur spärlich, aber Jennifer mutmaßte, dass es sich um einen Einbrecher handeln musste. Die große Gestalt war schwarz gekleidet, und als die Person sich nun direkt mit dem Gesicht zu Jennifer drehte, erkannte Jennifer eine Maske. Sie war kurz davor zu schreien, als die maskierte Person ein Telefon an ihr Ohr hielt. Jennifer hörte Philja durch ihre Sprechmuschel: »Ich weiß.«

Mit geweiteten Augen sprang Jennifer von der Couch auf und starrte durch die Scheibe ins Dunkel. Die Hand mit dem Telefon ließ sie sinken. Obwohl sie mehr von sich selbst in der spiegelnden Scheibe sah, erkannte sie nun die Gestalt auf dem Balkon. Das war eindeutig Philja. Philja in einem Batman-Kostüm. »Was …?« Philja konnte Jennifers erstaunten Ausruf durch die alte Tür gut hören. Da sie keine Anstalten machte, sich in Bewegung zu setzen, klopfte er an die Scheibe.

Jennifer erwachte durch das Klopfen aus ihrem tranceähnlichen Zustand. Natürlich! Sie sollte Philja … öhm … Batman mal lieber hereinlassen. Schnell schaltete sie das Telefon aus und legte den Apparat zur Seite, bevor sie die Terrassentür öffnete.

»Hallo«, sagte Philja und ahmte damit die tiefe Stimme des letzten Batman-Schauspielers nach. Seine emotional behaftete Stimme konnte er dadurch dennoch nicht ganz verbergen.

»Hallo.« Mit einem hastigen Schritt fiel Jennifer in Philjas Arme und drückte ihn fest an sich. Wie gerne hätte sie das Gespräch von eben fortgesetzt, war sich aber bewusst, dass der Moment dahin war. Und Philja schien das auch so geplant zu haben. Was sonst sollte dieser Auftritt? Philja schloss Jennifer bereitwillig in seine Arme, und eine ganze Weile standen beide einfach schweigend ineinander versunken da.

Philja schien sich schneller wieder im Griff zu haben als Jennifer. Ganz leise sagte er: »Ich habe immer noch keine Antwort auf meine Frage.«

»Hmh?«

»Stehst du nun mehr auf Superhelden mit Cape oder ohne?«

Jennifer konnte sich ein Lächeln nicht verkneifen, als sie an den Batman dachte, in dessen Armen sie gerade lag. »Ich dachte, du kannst hellsehen.«

»In deinem Fall ist das ziemlich schwierig.«

»Na dann verrate ich es dir. Eindeutig mit Cape, würde ich sagen.«

Philja presste Jennifer noch mehr an sich, als er

sagte: »Vorhin habe ich dich schon wieder angelogen.« Sich verkrampfend wartete Jennifer ab, was jetzt wieder kommen würde. Glücklicherweise ließ die Antwort auf ihre stumme Frage nicht lange auf sich warten. »Ich will nicht mit dir befreundet sein … jedenfalls nicht nur …«

Ungläubig hob Jennifer den Kopf und starrte dem maskierten Mann ins Gesicht, der unbeirrt weitersprach. »Ich werde das jetzt dreimal wiederholen, und du wirst mir signalisieren, dass du mich verstanden hast.« Weil Jennifer sprachlos war, packte Batman sie an den Oberarmen und hielt sie so lange auf Abstand, bis sie ihm ihre uneingeschränkte Aufmerksamkeit schenkte. »Hast du mich verstanden?«

»Ja.«

»Ich liebe dich, Jennifer Beck, und ich möchte mit dir zusammen sein.«

»Aber …«

»Hast du mich verstanden?«

»Ja, aber …«

»Was habe ich gesagt?«

»Du liebst mich …«

»Richtig, ich liebe dich wie verrückt.« Abwartend starrte Philja Jennifer an.

»Du liebst mich wie verrückt«, hauchte Jennifer, obwohl ihre Stimme eigentlich nicht mehr vorhanden war.

»Ich. Liebe. Dich.«

»Du liebst mich.« Jennifer klang immer noch verwundert, als hätte sie nicht richtig begriffen, was genau Philja eigentlich von ihr wollte. Doch als ob die dreimalige Wiederholung tatsächlich zu einem besseren Lerneffekt geführt hätte, begann sie plötzlich im ganzen Gesicht zu strahlen. »Du liebst mich?«

»Ja, das sage ich doch die ganze Zeit«, knurrte Philja ungeduldig und küsste Jennifer stürmisch. Diese packte sich sofort seinen Kopf und zog diesen ganz nah an sich. Obwohl sie auf Zehenspitzen stand, musste sich Philja immer noch zu ihr beugen. Weil sie inzwischen sogar an seinen Fledermausohren hing, tat er das gerne.

Eine kurze Pause zwischen zwei Küssen nutzte Jennifer, um ihrem Herzen Luft zu machen. »Ich liebe dich, Philja, wie verrückt, und ich möchte mit dir zusammen sein.« Bevor sie sich ebenfalls zu einer dreimaligen Wiederholung hinreißen ließ, verschloss Philja ihren Mund mit einem weiteren Kuss.

Tja, was sollte Jennifer noch dazu sagen. Sie stand nun einmal auf Männer, die Kostüme trugen. Besonders, wenn es sich dabei um Philja handelte.

Wegen eines plötzlichen Gedankengangs löste sie sich schnell von Philja, solange sie dazu noch in der Lage war. »Aber … du wohnst in Moskau.«

Sein Lächeln beruhigte sie, aber letztendlich waren es seine Worte, die sich in ihr Herz tasteten. »Ich bleibe hier, wenn du nichts dagegen hast.«

»Aber … deine Geschäfte, das Unternehmen.«

»Ach, ich dachte, ich setze mich hier ins gemachte Nest und steige aus.« Obwohl er so betont locker sprach, erkannte Jennifer, dass ihm diese Entscheidung sicherlich nicht leichtgefallen war.

Sie blieb bei seiner lockeren Art. »So? Du willst also nicht arbeiten?«

Während er seine Arme immer noch fest um Jennifer schlang, grinste er breit: »Nein, du weißt doch. So als Superheld ist man nachts viel auf den Beinen. Außerdem habe ich eine Frau kennengelernt, die ein ganzes Haus geerbt hat. Da hab ich ausgesorgt.«

»Du …«, schimpfte Jennifer spielerisch, da verschloss ihr Philja den Mund mit einem weiteren nicht enden wollenden Kuss.

Epilog

Er saß an dem See auf einem Felsen und fühlte die Schwere, die ihn von Zeit zu Zeit immer noch heimsuchte. Der Sonnenaufgang war einfach atemberaubend schön. Wie gerne hätte er das mit seinem Sohn geteilt. Da erschien Jonas neben ihm und ließ sich auf den Allerwertesten plumpsen. Ohne zu fragen, schnappte sich Jonas seinen Arm und kroch darunter, indem er den Arm auf seine weiter entfernte Schulter wuchtete. Er würde den Tod seines Sohnes nie überwinden. Den Verlust eines eigenen Kindes kann niemand überwinden. Aber jetzt gab es auch Hoffnung in seinem Leben.

Besonders intensiv spürte er diese Hoffnung, als Jennifer mit einem Fotoapparat in der Hand an ihm vorbeisprang und sich vor Jonas und ihm in der Hocke platzierte. »Lächeln!«

Jonas machte: »Spaghettiiiiii!«, und er stimmte freudig mit ein.

Als Jennifer an ihm vorbei zum Auto zurückging, drückte sie ihm kurz die Schulter. Er wusste, es war ein verständiges Drücken, weshalb er ihr ein Lächeln schenkte. »Kommst du?«, fragte sie, »der Verein kann es sicherlich kaum erwarten, dass du endlich das Band durchschneidest. Die stürmen das Gebäude sonst ohne Einweihung.«

»Gleich.« Jennifer nahm Jonas an der Hand, und während die beiden auf das Auto zuschlenderten, machte sich Philja darüber Gedanken, ob es nicht an der Zeit wäre, ein anderes Band zu knüpfen.

ENDE

Liebe Leserin, lieber Leser!

An erster Stelle möchte ich mich natürlich bei dir bedanken. Dafür, dass du meine Superhelden-Geschichte in den Händen hältst. Hoffentlich hat dir die Geschichte von Jennifer und ihrer schrillen Stimme gefallen. Vielleicht bist du ja in der Stimmung, noch weitere Geschichten von mir zu lesen und dich mit einer Rezension zu dem Buch irgendwo zu verewigen. Ich würde mich freuen.

Ganz besonders entzückt bin ich über die Leser, die meine Facebook-Seite und meine Homepage mit Leben füllen und damit für mich zu einem realen Ansprechpartner werden. Es ist schön, dass es euch gibt und vielleicht werden wir ja noch ein paar mehr?

Hinter dem Namen Pea Jung stehe nicht nur ich, sondern eine ganze Menge Unterstützer, ohne die ich niemals Pea sein könnte. Danke an meinen „Manager" Jürgen und meine Probeleserin Carina. Ohne euch wäre ich niemals in die Lage gekommen, diese Danksagung schreiben zu dürfen.

Besonderer Dank geht an den lieben Thorsten Simon und die ganze „Familie" von BoD – Books on Demand. Euch ist es zu verdanken, dass es diese Geschichte auch als Printbuch gibt.

Dankbar denke ich an meinen lieben Mann, der nach 15 Ehejahren plötzlich mit einer Autorin verheiratet ist und mich immer noch uneingeschränkt unterstützt. Meinen Kindern möchte ich ebenfalls danken. Weil sie so sind wie sie sind. Ihr könnt euch denken, dass einer meiner Jungs als Vorlage für Jonas herhalten durfte.

Diesmal bedanke ich mich auch bei meinen beiden Kolleginnen aus Russland, die mich unbewusst auf die Idee gebracht haben, einen Russen in meine Geschichte einzubauen. Philja wäre ohne euch niemals „geboren" worden.

Vielleicht treffe ich ja den ein oder anderen von euch auf der Leipziger bzw. Frankfurter Buchmesse oder auf der LoveLetter Convention in Berlin. Bitte gebt euch zu erkennen.

Bis dann von eurer Pea ☺

Bist du bereit für mehr?
Hier findest du mich und meine Werke:

info@peajung.de
www.peajung.de
www.facebook.com/PeaJungAutor
www.youtube.com/PeaJungAutor

Übersinnlich verliebt

Pea Jung
CLARA (Band I)
Die geheime Gabe
448 Seiten
Taschenbuch/eBook
ISBN: 978-3-7386-0311-8

Pea Jung
CLARA (Band II)
Die Rückkehr
ca. 448 Seiten
Taschenbuch/eBook
ISBN: 978-3-7347-5724-2

Bist du bereit?
Bereit für ein Geheimnis, das du
mit niemandem teilen darfst?
Öffne das Buch, begleite Clara auf ihrer
turbulenten Abenteuerreise in
ein neues L(i)eben, und du findest dich
auf der Liste der Eingeweihten.
Welches Pfand würdest du für
dein Schweigen in die Waagschale werfen?

Warnung! Dieses Produkt macht abhängig und kann nicht mehr abgesetzt werden!
Zu Risiken und Nebenwirkungen lesen Sie alle Bände der Serie oder fragen Sie
die Autorin Ihres Vertrauens.

Übersinnlich verliebt

Pea Jung
CLARA (Band III)
Finstere Vergangenheit
ca. 400 Seiten
Taschenbuch/eBook
erscheint 2015

Pea Jung
CLARA (Band IV)
Sturm auf Zeit

Taschenbuch/eBook
erscheint 2016

Clara erscheint als Taschenbuch/
eBook und wird 4 Bände umfassen.
Clara ist ein echter Hingucker –
auch im heimischen Bücherregal!

Daydreams into stories

Fantasy-Romance

Pea Jung
Die Wunschblase
212 Seiten
Taschenbuch/eBook
ISBN: 978-3-7357-6115-6

Phantastischer Liebesroman

Der sechsjährige Ben hat einen ganz besonderen Herzens-
wunsch: Er möchte seinen Papa Frank wieder glücklich sehen. Ganz klar: Der Papa braucht eine neue Frau. Und Ben
eine neue Mama.

Ben ahnt nicht, dass er mit seinem geheimen Wunsch
außergewöhnliche Mächte in Gang setzt.

Carolyn, ein weiblicher Dschinn, bekommt den Auftrag,
eine geeignete Frau zu suchen. Frank erweist sich jedoch als
immun gegen sämtliche Verkuppelungsversuche.

Wird Carolyn dennoch Bens Wunsch erfüllen können?

Liebe & Erotik

Pea Jung
Die falsche Hostess
164 Seiten
Taschenbuch/eBook
ISBN: 978-3-7357-4200-1

Pea Jung
Die Putzstelle
248 Seiten
Taschenbuch/eBook
ISBN: 978-3-7357-3940-7

Raffaela darf ihre Nachbarin in deren Job als Hostess vertreten und lernt dabei den smarten Rick kennen. Zwischen den beiden sprühen sofort leidenschaftliche Funken, die sich in Form eines One-Night-Stands entladen. Kein Problem? Weit gefehlt. Schließlich war Raffaela offiziell als ihre Nachbarin unterwegs, was zu Verwicklungen führt. Und sie sieht Rick schneller wieder als erwartet.

Die Kellnerin Josefine kehrt unter einem Tisch ein paar Scherben zusammen. Eine ganz gewöhnliche Tätigkeit für eine Kellnerin? Weit gefehlt. Schließlich starrt ihr dabei spontan ein mysteriöser Unbekannter auf den Hintern und bezahlt sie auch noch dafür. Schon nach kurzer Zeit flattert ein unerwartetes Jobangebot ins Haus...